KB042262

천마재생 10

초판 1쇄 인쇄일 2015년 10월 20일 | **초판 1쇄 발행일** 2015년 10월 22일

지은이 태규 | **펴낸이** 곽중열 | **담당편집 팀장** 이범수
편집부 신연제 이윤아 김호성 김은경

펴낸곳 (주)조은세상 | **출판등록** 제 2002-23호
주소 경기도 연천군 미산면 청정로 1355
TEL 편집부 02)587-2966 | FAX 02)587-2922
e-mail bukdu@comics21c.co.kr

ⓒ태규 2015
ISBN 979-11-5832-317-2 | ISBN 979-11-5512-983-8(set) | 값 8,000원

태규 太 따 무협 장편소설

천마재생

10

북두
도 세사

NEO ORIENTAL FANTASY STORY

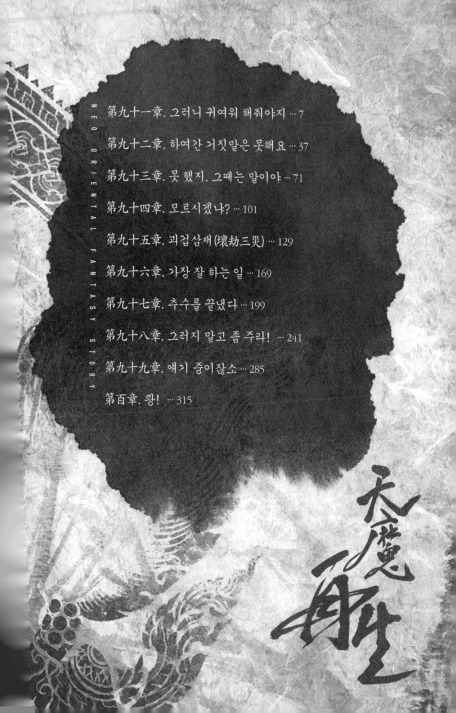

NEO ORIENTAL FANTASY STORY

天魔再生

第九十一章.

그러니 귀여워 해줘야지

第九十一章.
그러니 귀여워 해줘야지

이른 아침, 이제 기지개를 켠 가을햇살이 슬며시 창문 틈을 비집고 들어와 침대로 밀려들고 있었다.

이불 속에 파묻혀 있을 누군가를 깨우기 위해서일까?

하지만 햇살이 애를 써서 겨우 닿은 침대 위에는 사람은 없고, 그 대신 헤아리기 힘들 정도로 많은 옷가지만 동산처럼 쌓여 있었다.

침대의 옆에 놓인 커다란 거울 속에 풍희정이 담겨 있다.

풍희정은 눈처럼 새하얀 백의궁장을 입은 채, 이리저리 몸을 돌려 자신의 모습을 살펴보았다.

그녀가 입은 백의궁장은 새하얀 피부와 너무나 잘 어울려, 마치 하늘에서 지금 막 내려온 선녀가 아닐까 싶을 정

9

도로 신비롭고도 아름다웠다.

하지만 정작 그녀는 마음에 들지 않는지, 화가가 심혈을 다해 그려 놓은 듯한 눈매를 찡그렸다.

"이것도 아니야."

그러며, 침대로 다가가 쌓여있는 옷가지 속으로 손을 집어넣어 마구 파헤쳤다.

단정한 남의경장을 찾아내 집어 들더니, 거울 앞에서 몸에 대어본다.

그녀의 눈매가 부드럽게 풀리고, 입가엔 미소가 어렸다.

하지만 또 뭐가 마음에 들지 않는지, 곧 이그러진다.

"이것도 아니야. 하아."

그러며 휙 던져 버린 후, 근처에 놓인 의자에 털썩 앉았다. 그리고 창문 틈을 비집고 스미는 햇살을 향해 고개를 돌렸다.

"벌써 날이 밝았구나."

결국 밤을 뜬 눈으로 지새우고 말았다.

하지만 피곤하진 않았다. 오히려 몸은 가볍고 기분은 상쾌했다.

"드디어 혜아를 만날 수 있겠구나."

풍희정은 자신의 혼잣말에 깜짝 놀라며 두 손으로 입을 가렸다.

남부인을 혜아라고 불러서는 안 되었다.

혜아라는 이름은 한이연 만이 쓸 수 있었다.

풍희정은 한이연이라는 기억을 가지고 있을 뿐, 한이연은 아니기 때문에 그래서는 안 되었다.

어째서 한이연의 기억이 자신에게 있는 건지 풍희정은 알 수가 없었다.

그녀의 머리 안에는 무려 오백 개나 되는 인격이 존재했고, 그 인격을 통합해야만 살 수가 있었다.

그랬기에 풍희정은 자신과의 싸움을 벌여야 했고, 결국 종부성이라는 통합인격체제를 이룩할 수 있었다.

그리고 종부성을 이룩한 날, 마치 선물이라는 듯 한이연이라는 여인의 기억이 찾아왔다.

왜 그런 건지는 모른다.

그게 실재하는 사람의 기억인지도 몰랐다.

다만 한이연이라는 기억에 빠져들어 웃고 울었다.

그건 그녀가 직접 겪었던 것처럼 생생했다. 아니, 직접 겪었던 것이 분명했다.

그리고 그 아련함에서 빠져 나왔을 때 풍희정은 한이연이 되었고, 한이연은 풍희정이 되었다.

그 후로 오늘을 꿈꿨다.

이곳 창리현에서 남정혜, 아니 남부인과, 그리고 남장후와 함께 살아갈 나날을 매 순간 고대했다.

11

당장에 달려오고 싶었지만, 억지로 참고 견뎠다.

뭔가를 얻기 위해서는 그만한 희생이 필요하다는 걸 잘 아니까.

황궁에 남장후의 아버지이자, 한이연의 수양아들인 묘좌선생 남호윤이 있었기에 참을 수 있었는지 모른다.

"윤이가 참 잘 자랐어."

풍희정은 그렇게 중얼거리며 흐뭇한 미소를 지었다.

한이연의 기억 속 남호윤은 사고뭉치에 말썽꾸러기였다. 입신양명을 하겠다는 야망은 있지만, 실행으로 옮기기에는 턱없이 부족한, 그저 그런 아이였다.

그런데 풍희정이 아는 중년의 남호윤은 달랐다.

단단하고, 곧으며, 뚜렷한 사람이었다.

하지만 굽힐 때는 굽힐 줄도 알고, 꺾이면 붙일 줄도 아는 유연함도 갖추고 있었다.

한이연이 죽은 후 남호윤은 그토록 강해질 수 있는 시련과 상처를 극복하며 살아왔다는 것이겠지.

지금의 모습에 이르기까지 참으로 고통스럽고 힘겨웠을 거다.

그런 생각이 드니 풍희정의 눈이 촉촉해졌다.

"잘 컸네. 정말 잘 컸어."

한이연이 할 수 있는 독백이지, 풍희정이 할 말이 아니었다. 그럼에도 빠져 나올 수가 없었다.

숨이 가빠지고, 눈앞이 흐려진다.

"하아, 하아, 하아, 하아."

그녀 안의 오백 개의 인격이 위태롭다며, 경고성을 외쳐 댄다.

그럼으로써 풍희정은 힘겹게 한이연의 기억에서 벗어날 수 있었다.

한이연의 기억은 귀한 선물이지만, 치명적인 맹독이기 도 했다.

이렇게 한이연의 기억에 동화될 때마다 풍희정이 어렵 게 이룩한 통합인격체제 종부성은 당장이라도 무너질 듯 이 흔들렸다.

'한이연은 그저 기억에 불과할 뿐 나, 풍희정이 아니라 는 거지.'

풍희정은 이를 악 물었다.

'그렇다고 해서 내가 한이연이 아니란 건 아니야.'

그러며 풍희정은 의자에서 벌떡 일어났다. 그리고 거울 속에 다가가 자신을 비추어 보았다.

거울은 그녀의 전신을 비추어 내지만, 그녀의 눈은 어젯 밤 같이 술을 마셨던 하소인의 모습을 보고 있었다.

'정보가 부족하다고?'

풍희정은 입을 벌렸다. 그리고 어제 해주고 싶던 말을 속삭여 보았다.

"저는 정보가 필요 없답니다. 남부인에 대해서 모르는 게 없거든요."

그러며 환한 미소를 지었다.

†

남장후의 집으로 이어지는 소로, 한이연은 황의경장을 입고 가벼운 걸음으로 걷고 있었다.

불어와 머릿결을 쓰다듬는 가을바람은 잘 하라는 듯 응원을 해주는 듯하다.

풍희정은 웃는 얼굴로 속삭였다.

"잘 할게 뭐가 있어. 그냥 만나면 되는데."

그랬다.

남부인, 그러니까 남정혜에 대해 풍희정이 모르는 건 없었다.

그녀는 한이연이 업어 키우다시피 했으니까.

한이연이 죽은 이후 남부인이 남호윤처럼 많은 부분 달라졌을 가능성은 있었지만, 그래도 천성이라는 건 변하지 않는다.

더구나 남부인은 남호윤과 달리 세파에 시달리는 적 없이 그저 창리현에서만 머물며 온화한 삶을 보내오지 않았던가.

그러니 만나서 마주 앉으면, 다 자연스레 풀릴 거다.

"어서 보고 싶네."

한이연은 남부인의 얼굴을 그리며 걸음을 서둘렀다.

그녀의 시야 속, 점처럼 보이는 남장후의 집이 점점 더 커지고 있었다.

똑똑.

문고리를 두들긴 후, 풍희정은 떨리는 목소리로 말했다.

"실례합니다."

그리고 대문을 세세하게 살펴보았다. 달라진 게 없었다. 세월의 흔적 외에는 한이연의 기억 속의 모습 그대로이다.

눈물이 날 것만 같았다.

풍희정은 애써 억누르며 다시 문고리를 잡고 두들겼다.

"실례합니다. 아무도 안계세요?"

여전히 안에서 목소리는 들려오지 않았다.

없는 걸까?

이미 남부인이 안에 있다는 소식을 듣고 온 길이었다.

풍희정은 손에 힘을 주어, 문을 밀었다.

삐그덕하는 소리와 함께 대문이 열렸다.

그러자 풍희정의 입에 부드러운 미소가 어렸다.

"또 문단속도 안 했네. 내가 그렇게 혼을 내도 그 버릇을 아직 못 고쳤나봐."

천마재생

풍희정은 그렇게 중얼거리며 문 안으로 들어섰다.

마당이 보인다.

역시 기억 속 모습 그대로였다.

왼쪽 벽 쪽에 빨랫대에 걸린 젖은 옷들도 여전하다.

풍희정은 이끌리듯 걸어갔다.

이 바지랑대도 예전 그것이었다.

예전 한이연이 어린 남호윤과 함께 만들었었지.

정말 눈물이 날 것만 같았다.

"여전하네."

풍희정의 표정이 살짝 굳는다.

"그런데 빨래를 할 때는 좀 더 짜라고 그렇게 말했는데, 아직도 저러는구나."

그러며 풍희정은 빨랫대로 다가가 줄에 걸려있는 옷을 하나씩 끌어내렸다.

"축축한 거 봐. 쥐기만 해도 물이 한 바가지는 나오겠어."

그렇게 투덜거리며, 옷을 모두 끌어내 집을 향해 걸어갔다.

그러다 갑자기 또 눈살을 찌푸린다.

"이 냄새는?"

탄내가 난다.

풍희정은 서둘러 부엌 쪽으로 걸어갔다.

역시나.

화로 위에 국을 만들 때 쓰이는 탕작(湯勺)이라는 조리 기구가 얹혀 있었다.

그 안에서 흘러나오는 냄새였다.

"아니, 큰일 나려고."

풍희정은 서둘러 다가가 탕작을 들어올렸다.

뭔가 국을 만들고 있던 모양인데, 물은 없이 그저 검게 딴 고기건더기만 보일 뿐이었다.

풍희정의 눈매가 얇아졌다.

그때였다.

부엌의 입구 쪽에서 남부인이 모습을 드러냈다.

"누구세요?"

풍희정은 휙 고개를 돌려 외치듯 말했다.

"아니, 네가 정신이 있는 거니, 없는 거니? 이것 보여? 내가 그렇게 얘기해도 아직도 이러네. 부엌을 다 태워먹어야 정신을 차리지. 이것 보라고, 좀 봐."

남부인은 자라처럼 목을 숨기며, 더듬더듬 말했다.

"저, 저기 아가씨. 대체 누구시기에 저희 집 부엌에서……."

순간 풍희정의 눈이 크게 벌어졌다.

"아!"

너무 추억에 빠져 들었다.

풍희정은 서둘러 손에 쥔 내려놓고 말했다.

17

"아, 저, 저는 그러니까……."

"저는 뭐요?"

"저는 그러니까 황도에서 왔는데, 그러니까 호윤이의……."

"호윤이? 제 바깥사람을 말씀하시는 겁니까?"

"아니. 그게 아니라, 윤아, 아니 그게, 남호윤 선생께서 편지를 직접 전달해달라고 하시어서 왔는데……."

남부인은 싸늘한 표정을 지으며 말했다.

"그럼 편지를 주고 어서 가보세요."

풍희정은 울상을 지었다.

그녀는 이렇게 외치고 싶었다.

✝

"망했다는 데요,"

낫질을 하고 있던 남장후의 곁으로 다가온 총대가 그렇게 말하며 히쭉 웃었다.

남장후는 낫질을 계속하며 입만 벌려 말했다.

"뭐가 말이냐?"

"풍희정 군주님이요. 제대로 망했데요."

그제야 남장후는 굽혔던 상체를 일으키고 그를 돌아보았다.

18 10

그의 담담한 시선에 총대는 움찔하며 어색하게 웃었다.

"아니, 주인님께서도 궁금하실까 싶어서."

"네게 풍음십팔인(風吟十八刃)을 다스리게 한 건, 그딴 짓이나 하란 뜻은 아니었을 텐데?"

총대가 어색하게 웃었다.

"풍음팔인이 소식을 들고 오다가 잠깐 집에 들렸던 모양입니다. 그래서 잠깐……."

"보고해라."

"홍예주를 붙인 건, 금적산 두 놈 중 큰 놈의 짓이랍니다."

"그리고?"

"어떤 놈들이 뒤를 봐준다고 나선 것 같은데, 아직 확실히 밝혀내지는 못했답니다."

"그게 끝이냐?"

"아, 그들은 아닌 것 같답니다."

"그들이 아니다? 목을 걸 수 있느냐?"

"네! 풍음팔인의 목을 걸겠습니다!"

"네 목은?"

"제가 취합한 정보는 아니지 않습니까?"

그러며 총대는 가식적인 미소를 그렸다.

남장후가 짧은 한숨을 내쉬며 말했다.

"나도 모르겠구나."

19

천마재생

"뭘 말입니까?"

"내가 널 아직까지 곁에 두는 이유를."

그러며 남장후는 낫을 쥔 손을 꼼지락거렸다.

그 순간 총대가 고개를 푹 숙였다.

"잘 하겠습니다!"

"언제?"

"지금부터 잘하겠습니다!"

"그럼 예전엔 못 했다는 거냐?"

"예전보다 더 잘하겠습니다!"

"잘 하자."

"네!"

"말만 잘 하지 말고."

"네!"

"이번 추수가 끝나면 같이 나들이 좀 다녀올 일이 있을 거다. 그러니 잘해라."

그 순간 총대의 두 눈이 섬뜩한 빛을 뿜었다.

"잘 하겠습니다."

지금까지와는 달리, 소름이 끼칠 만큼 사납고 날카로운 목소리였다.

그의 반응이 흡족한지 남장후의 입가에 희미한 미소가 어렸다.

총대는 바로 사라졌고, 남장후는 다시 허리를 굽혀 낫질을 이어갔다.

그러다 갑자기 멈추더니, 혼잣말로 중얼거린다.

"망했다고?"

남장후는 피식 웃었다.

그럴 수밖에 없겠지.

기억이 같다고 해서 사람이 같을 수는 없다.

사람이 같지 않으니, 같은 상황이라고 해도 반응이 같을
수는 없다.

그러니 보지 않아도 뻔했다.

괴리감을 아직 극복하지 못한 풍희정은 자신이 그렸던
상황을 이루어내지 못할 것이다.

'나처럼.'

남장후의 입가에 씁쓸한 미소가 어렸다.

하지만 바로 씻어내고 진중한 얼굴로 속삭였다.

"그들이 아니라고?"

그의 입가에 싸늘한 미소가 어린다.

"그럼 천외비문이겠군."

†

천외비문.

달리 천년협문(千年俠門)이라고도 불린다.

누가 만들었으며 언제부터 존재했는지는 아무도 모른다.

어디에 있는지도 알지 못한다.

다만 한 가지.

그들이 언제 나타날 지는 예상할 수 있다.

마귀와 같은 사악한 이들이 창궐하고 세상이 도탄에 빠졌을 때, 그들은 가을 하늘처럼 푸른 옷을 입고 눈처럼 새하얀 검을 들고 나타난다.

그들이 세상에 머무는 시간은 짧으면 백일, 길면 일 년을 넘지 않는다.

그 짧은 시간동안 그들은 질풍처럼 천하를 종횡하며 푸른 옷과 새하얀 검을 온통 물들인 후 나타났을 때와 마찬가지로 홀연히 사라진다.

그들이 떠난 자리에 남는 건 죽음과 평화만 뿐이다.

그것이 바로 천외비문, 바로 천년협문이다.

그러나 지난 백 년간 천외비문은 나타나지 않았다.

집마맹이 창궐하여 세상을 피로 물들였을 때, 온 세상이 두 손을 모아 기도했지만, 그들은 나타나지 않았다.

수라천마 장후가 나타나 집마맹에 대적하며 또 다른 공포와 재앙을 자아낼 때에도, 그들은 나타나지 않았다.

천외비문은 사라진 걸까?

사람들은 절망했다.

그리고 천외비문에 대한 기대를 지워갔다.

결국 지금에 와서는 천외비문이라는 네 글자를 기억하는 이들 조차 드물었다.

하지만 일부의 사람은 잊지 않고 있었다.

천외비문의 존재를.

그리고 그 일부의 사람 중에서도 몇몇은 오히려 잘 알고 있었다.

천외비문이 지난 백 년 동안 어째서 침묵하고 있었는지를.

그리고 그 몇몇 중에서도 유일하게 남장후 만은 알고 있었다.

천외비문이 어째서 이제야 모습을 드러낸 것인지를.

"너희가 앞으로 어떻게 될지도 알고 있지."

남장후는 그렇게 속삭이며 푸른 하늘을 올려 보았다.

하늘 저 어딘가에 아무도 알지 못한다는 천외비문의 근거지가 있다는 듯이······.

†

"그러니까 뭘 어쩌라고?"

남부인이 짜증어린 표정으로 묻는 말에 풍희정은 목을 숨기며 기어가는 목소리로 답했다.

천마재생

"아니, 저는 그냥, 옷을 개는 방식이 그러면 겹쳐 놓을 때 들쭉날쭉해서……."

"그래서요?"

풍희정은 식은땀을 닦으며 고개를 저었다.

"아닙니다. 그냥 저는……."

"저는 뭐에요?"

"아! 아무것도 아닙니다."

남부인은 눈썹을 좁혔고, 풍희정이 보기 싫다는 듯 몸을 돌려 외면했다. 그리고 쌓여있는 마른 옷 중 하나를 집어 과격하게 털었다.

풍희정은 그런 남부인의 모습을 말없이 바라보며 몰래 한숨을 내쉬었다.

'어쩌다 이렇게 된 거지?'

나이란 형성하고 유지하며, 체계를 만드는 잣대 중 하나이다.

신분과 배경, 지위의 고하가 드러나지 않은 이상, 풍희정은 누가 보아도 남부인에게 가르침을 내려서는 안 될 입장이다.

그런데 입만 열면 잔소리가 쏟아졌다.

한 마디 한 마디가 옳은 소리였다.

그렇기에 더 문제이다.

그러니 당연히 남부인의 반응이 저럴 수밖에 없었다. 다

옳은 말이기에 뭐라고 질책할 수도 없는 거다.

'진짜 나 왜 이러는 거야.'

한이연의 기억 때문이다.

남부인의 시어머니로 살았던 기억이 자꾸 탐탁지 않은 부분을 찾고, 지적하게 만들고 있었다.

입장이 다르니 상대하는 방식 또한 달라야 하는데, 잘 되지가 않았다.

옷을 개던 남부인이 갑자기 고개를 들어 올리더니 퉁명스레 말했다.

"그런데 아가씨, 안 가세요?"

"네? 아, 네. 남선생께서 꼭 답장을 받아오라고 하셔서……."

"따로 보낼 테니까 그만 가세요."

"제 손으로 꼭 받아오라고 하셔서……."

"내가 못미더워서 그러시는 건가요?"

"아니요. 그게 아니라요. 저는……."

풍희정은 말을 맺지 못하고 고개만 푹 숙였다.

남부인은 개고 있던 옷을 밀어내며 풍희정을 똑바로 마주 대했다.

"그럼 지금 읽고 써드리면 되나요?"

풍희정이 급히 고개를 저었다.

"아, 아니요. 제가 모레쯤 다시 오겠습니다. 그때 주시면……."

남부인은 자리에서 일어나며 차가운 목소리로 말했다.

"그럴 필요 있나요. 지금 바로 써드릴 게요."

풍희정의 심장이 쿵 내려앉았다.

이대로 답장을 들고 가면, 다시 방문할 기회가 사라지고 만다.

남장후는 각 세력에게 기회를 주는 대신 자연스러운 만남을 요구했고, 그 횟수를 제한해 두었다.

그러니 이렇게 아무것도 못한 채, 후회만 남긴 채 끝나고 마는 거다.

"안 돼요!"

풍희정은 벌떡 일어나더니 이어 외쳤다.

"제가 모레 다시 찾아뵙겠습니다! 꼭! 반드시!"

당황한 남부인은 상체를 뒤로 빼며, 고개를 살짝 끄덕였다.

"그, 그러세요."

"감사합니다, 남부인."

"가, 감사할 것까지야."

풍희정은 몸을 휙 돌려 나가려 했다.

그 순간 남부인이 말했다.

"저기……."

풍희정은 다시 휙 몸을 돌렸다.

"하실 말씀이 있으신지요."

"식사할 때가 된 거 같은데, 같이 드시고 가실래요?"

풍희정의 눈이 커졌다. 그리고 입이 함지박만큼 벌어졌다.

"네!"

고개를 마구 끄덕이는 풍희정의 모습이 귀여운지, 남부인의 입매가 부드럽게 휘어 올라갔다.

"그럼 잠시만 기다리세요. 금세 차려오지요."

"아니요. 같이 차려요."

그러며 풍희정은 그녀에게 아침을 알렸던 가을햇살만큼 화사한 미소를 지었다.

남부인은 그녀에 대한 감정이 많이 희미해졌는지, 부드럽게 웃으며 고개를 끄덕였다.

"그래요. 같이 차리죠."

그렇게 말하며 남부인은 먼저 부엌을 향해 걸음을 옮겼다.

그녀의 뒷모습을 바라보는 풍희정의 표정이 밝기만 했다.

첫인상을 그리 좋게 남기지는 못했지만, 이렇게 다음 만남을 기약하는 마무리는 나쁘지 않을 듯하니 다행이었다.

'같이 밥을 먹으면서 조금만 더 친해져 봐야지.'

그렇게 다짐하며 풍희정은 남부인의 등을 향해 걸음을
내딛었다.
　하지만 그녀는 아무것도 하지 말았어야 했다.
　차라리 그냥 떠났어야 했다.

　"소금을 반 수저 정도 덜 넣었어야지요. 아직도 이러네.
아! 제 말은 맛이 없다는 게 아니라……."
　나 왜 이럴까?
　"아니, 그릇에 얼룩이 왜 나있죠? 저기요, 식기를 씻을
때는 요. 아! 아무것도 아니에요."
　대체 나 왜 이러는 거지?
　"그러니까 제 말은요. 찜요리를 할 때는요. 저는……."
　풍희정, 정신 차려!
　이건 아니잖아!
　식탁에 마주 앉아있던 남부인이 밥공기를 절반도 비
우지 않았는데에도 젓가락을 내려놓으며 차갑게 말했
다.
　"저는 그만 먹겠어요. 얹힐 것 같네."
　풍희정이 당장이라도 눈물이 뚝뚝 흐를 것만 같은 표정
으로 속삭였다.
　"이게 아닌데……."

천외비문.

천년의 역사를 자랑하는 협객의 문파.

그들이 접촉해왔을 때, 황번동은 시련이라고 할 정도로 고민에 고민을 거듭했다.

수라천마 장후를 제거하기 위해 나타났다는 그들을 어디까지 믿을 수 있을까?

아니, 그들의 의도가 확실하다고 하여도 수라천마 장후를 제거할 수 있을까?

수라천마 장후를 알기에 회의감을 지울 수는 없었다.

하지만 천외비문 역시 천년이라는 세월동안 단 한 번의 실패도 없었던 전적을 가지고 있었다.

삼백 년 전 천하무림을 피로 물들였던 또 다른 천마, 멸세천마 고극이 갑작스럽게 사라졌던 이유도 바로 천외비문이라고 하지 않던가.

두 개의 줄 중 무엇이 더 튼튼할까?

어디를 끝까지 잡아야 할까?

고민은 깊었지만, 결단은 빨랐다.

수라천마 장후라는 줄을 버린다.

아니, 끊어버린다.

본래 그의 것이 아니었기 때문이었다.

'황일정 그 놈의 줄이었지.'

수라천마 장후의 술값을 대는 대신, 지난 오 년 만에 금적산은 상계의 절대권력자로 등극할 수 있었다.

하지만 그 영광은 황번동의 것이 아니었다.

동업자이자 원수인 그의 조카 황일정이 대부분을 차지했기 때문이었다.

아직 황번동은 그와의 세력싸움에서 밀리지는 않고 있지만 시간문제였다.

금적산은 확장을 멈추고 내실을 기할 때가 왔다.

이제부터 진짜 금적산이 누구인지를 가리는 싸움이 벌어질 것이다.

이대로라면 그 싸움의 결과는 이미 나왔다고 봐야 했다.

'지겠지.'

수라천마 장후가 황일정의 뒤에 있는 이상, 황번동은 무슨 짓을 한다고 해도 이길 수가 없었다.

하지만 그가 없다면?

이길 자신까지는 없지만, 승부를 벌일 수는 있었다.

그렇기에 황번동은 천외비문의 제안을 받아들여야만 했다.

거친 바다에 조각배 하나를 띄우고 그 안에 몸을 실은 것만 같은 위태로운 모험이지만, 조각배라도 있는 게 어딘가.

물론 천외비문이 조각배 정도일 수는 없겠지.

하지만 답답하기만 했다.

천외비문에서 나온 비문전인은 그에게 요구만 해올 뿐, 자신들의 계획이나 정보를 제공해주지 않기 때문이었다.

그렇기에 오늘은 자신이 바른 선택을 했는지에 대한 단서만이라도 어떻게든 들어볼 생각이었다.

"저는 당신들이 원하는 대로 모든 걸 했습니다. 그렇지요?"

비문전인은 고개를 살짝 끄덕였다.

"그렇지요."

"당신들이 왜 수라천마 장후를 노리는지는 모릅니다. 관심도 없고요. 그렇지만 단 하나, 어떻게 수라천마 장후를 제거할 건지만은 듣고 싶습니다."

비문전인이 담담히 말했다.

"저희는 설명하지 않습니다. 그저 할 뿐입니다."

황번동이 답답하여 외치듯 말했다.

"허어. 이보시오! 저는 목숨을 걸었단 말입니다!"

비문전인이 비웃음을 머금었다.

"저희는 목숨을 아끼는 것처럼 보이십니까?"

"아니요. 그게 아니라, 뭔가 저에게도 얘기를 해주셔야지요."

"저희는 임무를 완수한 후 바로 돌아갈 것이고, 황대인께서는 원하시는 걸 얻을 수 있을 겁니다."

31

천마재생

"그렇게 모호한 말씀은 세 살배기 아이에게도 통하지 않습니다."

그러자 비문전인이 싸늘히 그를 노려보며 힘주어 말했다.

"저희는 천외비문입니다. 황대인."

황번동은 움찔하며, 이 이상 강요하는 건 위험하다는 걸 깨달았다. 하지만 이대로 물러났다가는 계속 끌려만 다니게 될 것임도 알 수 있었다.

그렇기에 외치듯 말했다.

"상대는 수라천마 장후입니다! 당신들이 어떤지는 말해주지 않으니 모르지만, 그가 어떤 존재인지 저는 잘 알고 있습니다! 그러니 제게도 그가 제거될 수 있을 거라는 믿음을 좀 주십시오. 제발 부탁드리겠습니다."

애원하는 듯한 간곡한 말에 비문전인은 어쩔 수 없다는 듯 표정에 힘을 덜어내며 물었다.

"무슨 말씀을 듣고 싶습니까?"

"그를 어떻게 제거할 수 있는지 다 알지는 못하더라도 단서만이라도 좀 말해주십시오."

비문전인은 별 수 없다는 듯 짧은 한숨을 내뱉었다.

"하아. 그러지요. 단서 뿐입니다."

황번동의 표정이 환해졌다.

"네. 네. 그럼요."

비문전인이 잠시 눈동자를 굴리며 생각에 잠기더니, 할

말을 정리했다는 듯 입을 열었다.

"그는 강합니다. 우리 천외비문 천년 역사를 통틀어도 세 손가락 안에 들만한 강적이지요."

황번동이 고개를 끄덕였다.

"그러시겠지요."

세 손가락도 많다.

사실 최악의 적이라고 해야 더 어울리지 않을까 싶은 게 수라천마 장후이지 않던가.

비문전인은 계속 말을 이어갔다.

"그는 강합니다. 뿐만 아니라 영악하지요. 그리고 많은 것을 갖추었음에도 집착하지 않습니다. 덕분에 약점은 거의 없죠."

거의 없는 게 아니라, 아예 없다는 얘기로 들린다.

비문전인의 눈매가 얇아졌다.

"하지만 우리는 천외비문입니다. 수라천마 장후와 같은 이들을 상대하는 법을 잘 알지요."

"그러니까 그 방법이 뭡니까?"

"그는 마음이 약합니다."

"네? 마음이 약해요? 수라천마 장후가요?"

"네. 비단 그만이 그런 게 아니라, 그와 같은 경지에 이른 존재들의 공통된 부분이지요. 그러한 존재가 세상에 머물 수 있는 건 연(緣)이라는 사슬이 묶여있기 때문입니다.

뭐 말씀드려보았자 알아들으실 수 없을 겁니다. 어찌되었
건 그는 마음이 약합니다. 대신 정리하고 단련하지요. 그
럼으로써 평정을 유지할 수 있습니다."

"그래서요?"

"그를 제거하기 위해서는 먼저 그의 마음을 흔들어야
합니다. 오욕칠정의 혼돈 속으로 끌어들이고, 그를 번뇌와
분노하게 만들어야 합니다."

"어떻게요?"

"단순합니다. 그를 죽일 수는 없으니, 그가 가장 소중히
여기는 걸 죽여야 합니다. 애꿎은 목숨을 빼앗는다는 건
슬픈 일이지만, 어쩔 수 없이 치러야할 희생이지요."

황번동의 눈이 커졌다.

"그럼 남부인을?"

비문전인은 고개를 저었다.

"아니요. 그녀를 죽일 방법은 없습니다. 혹여 죽인다고
하여도 수라천마 장후를 자극할 수도 없을 겁니다."

"어째서 그렇습니까? 제가 접한 정보대로라면 분명 수
라천마 장후에게 그녀만큼 소중한 사람은 없을 텐데요."

"맞습니다. 하지만 그렇기에 수라천마 장후는 이미 대
비를 해두었을 겁니다. 그녀가 죽었을 때를. 그녀를 지키
지 못했을 때의 자신을. 그는 무서운 존재입니다."

"그렇군요. 그렇다면 누구를 죽인다는 말씀입니까?"

"이제부터 그에게 가장 소중해질 존재를 죽여야 합니다. 그가 미처 대비하지 못할 연분(緣分)을 말입니다."

비문전인의 눈매가 칼날처럼 얇아졌다. 그리고 힘주어 말했다.

"그의 아내를요."

†

남장후는 뭔가 섬뜩한 기분을 느끼고 상체를 들어올렸다.

이런 기분, 정말 오랜 만이었다.

그저 예감이랄 수만은 없었다.

그의 경지에 오르면 그저 막연한 예감 따위는 없다.

뭔가 불길한 일이 벌어질 것이라는 경고였다.

대체 뭘까?

'천외비문?'

남장후는 코웃음쳤다.

'그럴 리가 없지.'

놈들이 어떤 짓을 꾸밀지는 눈에 그린 듯이 선명히 알 수 있었다.

놈들 스스로가 말해주었으니까.

전생의 아내와 흡사한 여인, 홍예주를 보냈을 때 벌써 눈치 챘다.

참 아기자기하고 귀여운 수작이다.

'그러니 귀여워 해줘야지.'

어떻게 귀여워해줄 지는 이미 생각해 둔 게 있었다.

'그렇다면 대체 이 기분의 정체는 뭘까?'

설마 그들이 모습을 드러낸 건가?

그때였다.

저 멀리, 평야를 가로지르는 황톳길 끝 쪽에 점 하나가 보였다.

거리로 따지면 오륙 리 정도는 되지만, 남장후는 바로 앞에서 보는 것처럼 검은 점을 세세하게 살필 수 있었다.

그 순간 남장후의 눈매가 가늘게 떨렸다.

"저거였나?"

점이 점점 커지고 있었다.

남장후가 있는 쪽으로 다가오고 있음이 분명했다.

어느 순간 검은 점이 크게 외쳤다.

"거기 장후 오라버니, 맞지요?"

남장후는 침을 꿀꺽 삼킨 후, 점점 커지고 있는 검은 점의 이름을 속삭였다.

"이복순……."

第九十二章.

하여간 거짓말은 못해요

第九十二章.

하여간 거짓말은 못해요

쉽지 않다.

정말 쉽지 않은 일이다.

창리현이 나름 유명한 곡창지대이다. 그렇기에 가난할 수는 있어도 굶주리는 이는 없다고는 하지만, 저렇게 뚱뚱하기는 정말 쉽지 않다.

공이 굴러오는 듯만 하지 않은가.

아니, 어찌 보면 멧돼지 두 발로 달려오는 것 같기도 하다.

멀리 떨어져 있던 총대는 침을 꿀꺽 삼켰다. 그러며 눈동자를 돌려 십여 장 정도 거리에 두고 서 있는 대장을 돌아보았다.

천마재생

대장 역시 낮질을 멈추고 멀리서 달려오는 멧돼지를, 아니 사람을 바라보고 있었다.

총대가 눈짓으로 물었다.

'저 돼지가 바로 걔죠?'

총대와 대장은 흑총마자 출신이기에 심령이 연결되어 있어 굳이 입을 열어 말하지 않아도 서로의 의견을 나눌 수가 있었다.

대장이 고개를 살짝 끄덕였다.

'그렇구나.'

총대의 얼굴이 긴장으로 굳었다.

저 멧돼지, 아니 저 여자아이가 태풍안(颱風眼)!

'이복순!'

태풍은 이따금 발생하는 자연재해 중에서도 손꼽히는 재앙이다.

경우에 따라서는 산을 무너트리고, 땅을 뒤엎으며, 나무를 뽑아 올리고, 강의 흐름을 바꿀 정도이다.

하지만 괴이하게도 태풍의 눈이라고 불리는 중심부만은 고요하다.

그렇기에 이복순의 존재를 알게 된 황실과 무림에서는 그녀를 '태풍안'이라는 암호명으로 부르고 있었다.

정작 당사자인 이복순은 알지 못할 것이다.

그녀가 지금 온 세상의 주목을 받고 있다는 것을.

그리고 이 나라의 중추라고 할 수 있는 권력자들이 그녀로 인해 고민과 번뇌에 빠져있다는 것을.

이복순은 어느새 남장후의 근처에 이르렀고, 어울리지 않게 맑은 목소리로 말했다.

"오라버니. 오랜만이에요. 그 동안 잘 지냈어요?"

웃는 걸까?

살 속에 파묻혀 흔적만 있는 입매가 살짝 비틀린다.

남장후는 담담히 표정으로 대꾸했다.

"그래, 오, 커흠. 오랜만이구나."

그 순간 멀리서 지켜보던 총대가 대장 쪽으로 고개를 돌렸다.

'보셨어요? 주인님께서 긴장하신 것 같죠?'

대장은 저도 모르게 살짝 고개를 끄덕였다. 하지만 실수했다 싶은지 바로 고개를 저어 부정했다.

'아니. 그럴 리가 없다. 말을 않고 있으시다보니, 목이 메신 거야.'

총대는 눈매에 힘을 풀고 콧방귀를 뀌었다. 그리고 다시 휙 고개를 돌려 이복순을 바라보았다.

그러며 도무지 알 수 없다는 듯 고개를 갸웃거린다.

'남부인께서 저 멧돼……, 아니 저 아가씨를 며느릿감으로 생각중이시라고요? 대체 왜일까요?

천마재생

대장은 고개를 저었다.

'나도 모르겠구나.'

'주인님께서도 그건 모르시지 않을까요?'

대장은 총대에게 칼날처럼 싸늘한 눈빛을 보냈다.

'주인님께서 모르시는 건 없다.'

총대는 목을 숨기며 고개만 끄덕였다.

'그렇죠. 제가 깜빡했습니다. 어? 저것 보세요. 저것이 감히!'

대장은 총대를 따라 남장후와 이복순이 있는 방향으로 고개를 돌렸다.

"오라버니, 제가 이렇게 찾아온 건요. 제가 조금 전에 이상한 소문을 들어서 그래요."

이복순은 그렇게 말하며 두꺼운 팔을 들어 팔짱을 꼈다.

저 통나무처럼 두껍고 짧은 팔이 접힐 수 있다는 게 신기하다.

"혹시 오라버니께서도 그 소문 들으셨어요?"

"못 들었다. 그럼. 반가웠다."

그러며 남장후는 몸을 돌렸다.

그러자 이복순이 외치듯 말했다.

"잠시만요, 오라버니. 최근에 이상한 소문이 돈단 말이에요."

남장후는 한숨을 내쉬며 물었다.

"무슨 소문이기에 그러느냐?"

"오라버니랑 저랑 혼인을 할 거라는 소문이요."

남장후가 눈살을 찌푸렸다.

"그런 소문이 났느냐?"

"네. 이 넓은 창리현에 다 퍼졌어요."

그러며 이복순은 두꺼운 팔을 쫙 벌렸다.

그녀가 알까?

남장후와 그녀가 혼인을 할지도 모른다는 이야기가 창
리현 정도가 아니라, 온 세상에 퍼져 있다는 것을.

어찌되었건 그런 소문이 창리현에 왜 떠돌까?

이복순과의 일을 아는 건, 현 시대의 정점에 이른 권력
자들과 그들의 측근 정도 밖에 없어야 할 텐데…….

이복순이 투덜거렸다.

"보름 전쯤인가, 남부인께서 오라버니를 남편감으로 어
떠냐고 물으신 적이 있어서 몇 분 어르신들께 상담해 본
적은 있는데요. 왜 우리가 혼인할 거란 얘기가 떠도는지는
모르겠네요."

남장후가 눈을 좁혔다.

"네 스스로 낸 거로구나."

이복순이 표정을 굳히며 말했다.

"하여간 누가 그런 얘기를 하면 모르는 척 좀 해주세요."

43

"알았다. 절대 그런 일은 없다고 하마."

"아니요. 그럴 것까지는 없고요."

"왜지?"

이복순이 갑자기 고개를 돌리더니, 남장후의 논을 둘러
보았다.

"이 논, 몇 마지기나 되요?"

남장후는 고개를 저었다.

"모르겠구나. 왜 묻는 게냐?"

"장씨 아저씨가 그러시는데, 자신의 두 배쯤 될 거라고
하더라고요."

남장후는 고개를 끄덕였다.

"그쯤 될 거다."

"뭐, 나쁘진 않네. 굶고 살지는 않겠어."

이복순은 그렇게 중얼거리며 아쉽다는 듯 콧김을 내뿜
었다.

그리고 남장후를 똑바로 바라보며 말했다.

"아직 고민하는 중이니까요. 좀 더 시간을 주셨으면 해
요."

무슨 고민?

왜 시간을 줘?

이복순은 남장후를 아래위로 쓸어본 후 답답하다는 듯
이 한 숨을 쉬었다.

"남부인만 아니라면 고민하고 말 것도 없는데……. 진짜 별로야. 아, 이복순 인생 참 꼬이네."

그녀는 몰랐다.

그 순간 그녀를 향해 소한살객이 칼을 날리려 했다는 것을.

그녀는 알지 못했다.

총대가 말리지 않았다면, 그녀는 그 순간 날아온 대장의 낫질에 목이 잘렸을 것임을.

"하여간 오라버니. 누가 물으면 그렇게 좀 해주세요."

"알았다."

이복순은 용건을 마쳤다는 듯 횡 하고 돌아서 왔던 길을 되돌아갔다.

시간이 지나 그녀는 황톳길 끝 쪽에 걸린 검은 점이 되었고, 잠시 후 아예 사라져 버렸다.

그러자 기다렸다는 듯 소한살객이 모습을 드러냈다.

"주인님! 이 종복의 충언을 받아주십시오! 이건 정말 아닙니다!"

그러며 바닥에 엎드린다.

남장후는 그의 뒤통수를 차가운 눈으로 내려 보며 말했다.

"알아보라고 시킨 것은?"

"아직 놈들의 정체까지는 밝혀내지 못했습니다."

"천외비문이다."

"네?"

"이제부터는 놈들이 몇이며 어떻게 움직이는 지만을 살펴라."

"알겠습니다."

"네 충심만은 받으마. 하지만 어머님께서 정하실 일이다. 그 어떤 개입도 허락하지 않는다."

"죄송합니다."

"가 보거라."

"네."

소한살객은 안개가 되어 사라졌고, 남겨진 남장후는 다시 낫질을 시작했다.

"올 추수는 참 길기도 하구나."

그렇게 속삭이는 남장후의 손이 살짝 떨리고 있었다.

총대는 대장을 향해 눈을 돌렸다.

'봤죠? 손 떨리시는 거? 화나신 거 같죠?'

대장은 그저 이복순이 사라진 방향만을 부리부리한 눈으로 노려보고만 있었다.

총대가 다시 의사를 전했다.

'들었죠? 저 돼지, 아니 저 아가씨가 인생 꼬이네, 라고 지껄인 거?'

대장이 입을 열었다.

"강적이야."

총대가 고개를 끄덕였다.

"네. 악마사원보다 더 한데요."

그때 남장후가 상체를 들어 올리더니, 총대 쪽을 바라보았다.

총대는 급히 몸을 숙이며 외쳤다.

"대장, 일 안하시고 뭐하는 겁니까? 일합시다, 일!"

대장도 급히 몸을 숙이고 낫을 휘둘러 갔다.

그들의 등 뒤, 해가 저물어 가고 있었다.

†

세상이 검게 물든 밤, 둥근 달과 별들이 위로를 해주기라도 한다는 듯 밝기만 하다.

협륜문의 문주인 권황 철리패의 집무실에도 은은한 달빛이 흘러들고 있었다.

하지만 스며든 달빛이 뭔가에 막혔고, 대신 세 개의 그림자를 길게 드리웠다.

그림자의 앞, 권황 철리패가 앉아있다.

그의 왼쪽, 달빛이 머무는 밝은 자리에는 협왕 위수한이, 그리고 오른쪽 어둠 속에는 눈동자만을 드러낸 검성 하지후가 앉아 있었다.

세 개의 그림자를 상대로 뭔가 중요한 대화를 나누는 중이었나 보다.

하지만 권황 철리패의 표정이 그리 좋지 못하다.

의견의 차이를 좁히지 못하는 모양이었다.

그림자 중 한 명이 말했다.

"그럼 부탁하오. 우리 천외비문의 요구를 받아주시는 것으로 알겠소."

권황 철리패는 그저 이를 악물었다.

위수한은 답답하다는 듯 한숨만 쉬었고, 검성 하지후의 눈동자는 지그시 감겼다.

이래서는 안 되었다.

아무리 천외비문이라고 하여도, 천외비문이 지난 천년 동안 세상을 지켜온 대협의 문파라고 하여도, 받아들일 수는 없었다.

천외비문이 지난 천년동안 세상을 수십 차례나 구원했다는 건 잘 알지만, 지금의 세상을 구하고 지키는 건 그들이 아닌 수라천마 장후였다.

그런데 수라천마 장후를 제거하려고하니 도움을 강요하다니!

세 그림자 중 하나가 말했다.

"우리가 바라는 건, 그저 지켜봐달라는 게요. 우리가 사라질 때까지 말이오."

받아들일 수 없다.

받아들여서는 안 되었다.

현재 수라천마 장후와 정파무림의 관계는 한 배를 탔다고 할 수 있을 정도로 긴밀하다.

그러니 수라천마 장후의 적은 철리패의 적이며, 위수한의 적이며, 하지후의 적이다.

나아가 정파무림 전체의 공적이다.

상대가 천외비문이라고 하여도 다르지 않다.

하지만 철리패와 위수한, 하지후는 그저 침묵할 뿐이었다.

고민할 뿐이었다.

그럴 수밖에 없는 이유가 있기 때문이었다.

침묵이 길어진다.

어느 순간 철리패가 입을 벌렸다.

"어둡군요."

그러며 옆에 놓인 등잔불에 하나 뿐인 손을 뻗었다.

그의 손에 아무것도 들려있지 않는 데에도, 불꽃이 흘러나와 등잔 위에 앉았다.

그러자 집무실 안을 가득 채웠던 어둠이 절반쯤은 물러났다.

하지만 그렇다고 해서 등잔불 하나로 넓은 집무실을 밝힐 수는 없었다.

"여전히 어둡군요."

실내가 아니라, 자신의 심정을 말하는 듯하다.

등잔불로 인해 그림자만 드리웠던 세 사람이 모습을 드러냈다.

한 명은 승복을 입고 있었고, 또 한 명은 도사의 차림을, 그리고 또 한 명은 유생의 복장을 하고 있었다.

철리패가 그들을 돌아보며 말했다.

"비문전인들께서는 들으시오."

승려와 도사, 그리고 선비의 표정에 긴장이 어렸다.

"당신들의 요구에 응하겠소."

그 순간 그들의 표정은 밝아졌고, 그 대신 위수한과 하지후의 표정이 딱딱하게 굳었다.

철리패는 지난 오 년간 수라천마 장후의 대리인을 자처해왔다.

그에게 수라천마는 은인이었다. 때문에 수라천마를 대신한 듯이 살았고, 그로 인해 현재 무림의 중심은 누가 뭐래도 철리패였다.

그런데 위수한도 아니고, 하지후도 아닌, 그가 천외비문의 요구를 수용하겠다고 할 줄이야.

지금의 말로 철리패는 후일 모든 책임을 지게 될 것이다.

하지만 위수한과 하지후는 그를 이해할 수 있었다.

철리패가 비문전인들을 향해 말했다.

"이제 되었소?"

세 노인은 크게 고개를 끄덕였다.

그 중 유생차림의 노인이 씁쓸한 미소를 머금고 말했다.

"미안하오, 철 문주. 하지만 철 문주의 용단은 두고두고 칭송을 받을 것이오. 이것이 바로 대의이니."

철리패가 고개를 저었다.

"칭송 따윈 바라지 않소. 대신 제 눈앞에서 사라져주셨으면 하오."

그러며 비틀린 미소를 지으며 차가운 목소리로 말을 이었다.

"몰랐소이다. 죽었다고 알려진 삼태천 선배님들께서 비문전인이 되어 이렇게 나타나실 줄이야."

위수한과 하지후는 공감이라는 듯 고개를 끄덕였다.

지금 눈앞에 앉은 비문전인들이 바로 전대의 천하제일이라고 일컬어지던 삼태천이었다.

그렇기에 그들의 요구를 거절하기가 어려웠다.

더욱이 철리패는 유독 그랬다.

그가 권황이라고 불리며 정파의 거인으로 성장하기까지는 유생차림을 한 노인, 즉 삼태천 중 유공의 보살핌이 있었기 때문이었다.

51

철리패가 그에게 직접 무공을 배운 적은 없지만, 그보다 더한 배움과 도움을 받았었다.

누군가 철리패에게 사부라고 할 사람이 있냐고 물으면 유공이라고 해도 어색하지 않을 정도였다.

유공은 쓸쓸히 일어섰다.

"그럼 약속을 믿고 가보겠소."

뒤이어 광불과 취선도 일어섰다.

그들은 문이 아닌, 열린 창문으로 빛살이 되어 사라졌고, 그제야 철리패는 자신의 자리로 다가가 털썩 주저앉았다.

위수한이 그를 돌아보며 말했다.

"난 여기 없었던 겁니다."

하지후가 지팡이를 쓰다듬으며 말했다.

"나도 그런 걸로 하세나."

철리패가 그들을 번갈아 쏘아보며, 이를 빠드득 갈았다.

"좀 적당히들 하지? 다 갔잖아."

위수한은 그의 매서운 눈길을 피해 창문으로 고개를 돌렸다. 그리고 알 수 없다는 듯 고개를 갸웃거렸다.

"어떻게 삼태천 어르신들이 비문전인이 되어 나타나신 걸까요?"

철리패가 한숨처럼 말했다.

"나야 모르지."

위수한이 다시 고개를 갸웃거렸다.

"그럼 어떻게 저 분들이 비문전인으로 나타날 것인지를, 장후 선배께서는 아셨던 걸까요?"

철리패가 다시 한숨처럼 말했다.

"나야 모르지."

그러며 그는 시선을 창문 쪽으로 돌렸다.

그리고 낮게 속삭였다.

"죄송합니다, 유공 선배님. 하지만 이게 바로 대의입니다."

오대신성(五大新星).

강호무림에 활약하는 수많은 젊은이 중에 가장 빼어난 이가 다섯이 있으니, 그들 중에 다음 시대의 협왕 위수한이 나올 것이요, 권황 철리패가 태어날 것이며, 검성 하지후가 되리라.

그 중 여인이 한 명 끼어 있으니 그녀의 별호는 취검성(翠劍星), 이름은 하소인이라고 했다.

혹자는 그녀를 두고 말했다.

다음시대의 천하제일인은 여인이 될지도 모르겠다고.

다른 누군가는 말했다.

다음시대의 무림은 여인을 주인으로 받들어야 할지도 모른다고.

취검성 하소인은 그러한 평가를 받기에 충분했다.

지난 오 년 동안 그녀가 보여준 모습은 오대신성 중에서도 걸출했으니까.

그녀가 보인 능력이 다른 경쟁자들에 비교해 뛰어나서는 아니었다.

능력을 웃도는 힘, 바로 정치적인 감각 덕분이었다.

그녀는 모난 구석이 없었고 때와 상황에 알맞은 자세를 취했기에, 위와 아래 모든 이들에게 인정을 받을 수 있었던 것이다.

그렇기에 뒤에서는 그녀를 두고 줄타기를 잘한다며 비아냥거리기도 했지만, 그렇다고 하여도 그녀가 지난 오 년 동안 보여준 성과를 퇴색케 할 수는 없었다.

이제 하소인은 후기지수의 선을 넘어서, 강호무림을 이끌어가는 명숙의 반열에 들어섰다고 할 정도이다.

하기에 사람들은 그녀를 주목한다.

그녀의 다음 행보는?

그녀는 어떤 야망을 품고 있는가?

그리고 그 야망의 종점은 어디일까?

'바로 여기이지.'

하소인은 그렇게 마음으로 속삭이며 힐끗 뒤를 돌아보았다.

남장후의 집, 대문이 그녀에게 조심히 갔다가 나중에 또

오라며 인사를 하는 듯하다.

하소인은 주먹을 불끈 쥐었다.

'좋았어.'

정말 괜찮았다.

지금까지는 말이다.

그녀는 두 시진 전, 남장후의 집을 방문하였다. 남부인을 보는 순간 긴장이 없지는 않았지만, 바로 이 순간을 위해 지난 오 년간 키워온 언변과 절묘한 균형감이 빛을 발했다.

그녀는 철저히 준비하고 계획한 방식에 따라 남부인과 대화를 나누었고, 결국 두 시진이 흐른 지금 예상했던 것보다 더 좋은 결과라고 자평할 수 있었다.

마중하기 위해 대문 앞까지 나온 남부인을 마주보던 하소인의 눈매가 예리해졌다.

'여기서 회심의 한 수를?'

남부인은 거의 넘어왔다고 봐야했다.

여기서 몇 마디로 더 해주면, 당장에 며느릿감은 너밖에 없구나, 라며 손을 잡고 놓아주지 않을 것 같았다.

'하지만 욕심을 부려서는 안 되지.'

차근차근 한 계단씩 오르는 거다.

목적지가 보인다고 서둘렀다가는 굴러 떨어질 수 있다.

더구나 조바심을 낼 필요도 없었다.

바로 어제, 가장 위협적인 경쟁자인 풍희정이 이 집을 방문했지만, 형편없었다지.

하소인은 정중히 고개를 숙였다.

"그러면 저는 이만 가보겠습니다, 어머니."

어머니라는 말.

약간의 모험수이다.

하지만 남부인의 입가에 환한 미소가 어렸다.

"그래요. 그럼 또 봐요."

고개를 숙인 탓에 보이지 않는 하소인의 얼굴에 날카로운 송곳니가 드러났다.

'통했다!'

좋아.

아주 좋아!

하소인은 고개를 들어 올렸을 때엔 먹잇감의 목을 뜯어낸 맹수같던 표정은 사라지고, 온화하고 기품어린 미소를 담고 있었다.

하소인은 미련 없이 등을 돌렸고, 남부인의 시선을 느끼며 차분하고 정숙한 걸음으로 나아갔다.

그녀는 걸어가다 이따금 몸을 돌려 자신을 지켜보는 남부인을 향해 고갯짓으로 인사를 했다.

그럴 때마다 남부인은 환한 미소를 마주 건네주었다.

하소인이 사라지고 나서야, 남부인은 몸을 돌렸다. 그리고 표정을 싸늘히 굳히며 속삭였다.

"저 아가씨, 참 불편하네."

쾅!

대문은 다시 열리지 않겠다 다짐이라도 하듯 거친 소리
를 내며 닫혔다.

†

"이상한 일이야."

남부인은 빨래를 널며 그렇게 중얼거렸다.

정말 이상한 일이었다.

홍예주, 풍희정, 하소인.

남부인으로서는 처음 본다 싶을 정도로 뛰어난 아가씨
들이었다.

그런 아가씨들은 그 어떤 번화한 도시라고 해도 쉽게 볼
수 없을 것이다.

그러니 이 창리현이라는 시골에서는 그러한 아가씨들을
마주할 일이 없는 건 당연했다.

그러니 이상할 수밖에 없는 일이다.

남부인은 지난 사흘을 돌아보았다.

선녀처럼 아리따운 여인이 매일 한 명씩 방문을 해왔
다.

딱 혼기에 이른 나이이고, 자식인 남장후의 옆에 두기에
딱 알맞은 나이였다.

그녀들은 모두 혼인을 못했음을 강조했고, 이런 전원 속
에서의 삶을 동경했노라 말했다. 그리고 그녀들이 지나가
듯 말하는 미래의 남편감은 모두 남장후를 떠올리는 내용
뿐이었다.

그러니 남부인은 자연스레 며느릿감을 생각할 때 그녀
들을 떠올릴 수밖에 없었다.

"이상한 일이야."

남부인은 그렇게 중얼거리며 고개를 갸웃거렸다.

성혼을 시키겠다는 다짐을 한 그 날을 기점으로, 그런
예쁘장한 아가씨들이 찾아오다니.

"그렇게 예쁜 아가씨들은 처음 봐."

아니지.

남부인의 입가에 쓸쓸한 미소가 어렸다.

"우리 연아가 있지."

남부인은 물끄러미 푸른 하늘을 올려 보았다.

한이연.

그 아이는 어디서 뭘 하고 살고 있나?

"그 아이라면 좋을 텐데……."

그때였다.

삐그덕.

대문이 열리며 남장후가 들어섰다.

남장후는 남부인에게 인사를 하며 말했다.

"다녀왔습니다."

남부인은 살짝 눈을 크게 뜨며 물었다.

"웬일로 이렇게 일찍 들어왔니?"

남장후는 예정된 시간에 들어온다.

늦는 법도 없고, 이른 적도 없었다.

하지만 이따금, 아주 간혹 이렇게 일찍 들어오는 경우가 있기는 했다.

저 말을 할 때이다.

"어머니. 드릴 말씀이 있습니다. 추수를 마치는 대로, 어디 좀 다녀오려고 합니다."

남부인은 두 눈을 지그시 감았다.

역시나.

'팔 년 전인가?'

갑자기 아버지를 잠깐 뵙고 오겠다고 했던 그 때부터 일 거다.

그 후로 이렇게 남장후는 이따금 여행을 떠났다.

길게는 반 년.

짧게는 백일 내외.

그 시간동안 그녀는 혼자 있어야 했다.

어째서인지 그 기간 동안에는 그녀를 돌봐주는 사람들

이 많아서 불편함을 느끼지는 않았지만, 외로움까지는 어쩔 수 없었다.

장성한 아들이 여행을 떠난다는데 말릴 수는 없다.

하지만 가정을 이루었으면 했다.

'내 욕심이지만.'

남장후는 그녀의 표정을 살피며, 조심스레 말했다.

"그리 오래 걸리지는 않을 겁니다."

남부인이 물었다.

"어디로? 무슨 일 때문에 가는데?"

그러자 남장후는 입을 굳게 다물었다.

언제 이랬다.

남장후는 거짓을 말하지 않기에, 말할 수 없다면 침묵으로 일관했다.

하기야 추수가 마치는 대로, 천년의 역사를 자랑하는 신비문파 천외비문을 부수러 간다고 말할 수는 없었다.

남부인이 말했다.

"돌아오니?"

그 순간 남장후의 눈동자가 떨렸다.

언젠가부터 남장후가 여행을 다녀오겠다고 할 때면, 남부인은 이렇게 물었다.

'언제 돌아오니?'가 아니라 '돌아오니?'라고.

그 말이 남장후에게는 이렇게 들렸다.

‘돌아올 수 있니?’ 라고……

남부인은 눈치가 없다는 소리를 종종 듣지만, 그렇다고 바보는 아니었다.

그렇기에 느꼈을 것이다.

남장후가 여행을 떠났다가 돌아왔을 때 품은 죽음과 파괴의 냄새를.

그리고 불안했을 것이다.

그 죽음과 파괴의 냄새가 언젠가 남장후를 삼키어 버릴지도 모른다며.

남장후는 그녀의 공포와 불안을 충분히 알고 있었다. 그렇기에 혼인을 시키겠다고 강요하는 것임도 알고 있었다.

남장후가 어떻게든 돌아올 장소로 만들려는 마음이겠지.

그 마음을 저버릴 수가 없다.

"여행을 떠나기 전에 혼인을 하겠습니다."

남장후가 그렇게 말하자, 남부인의 표정이 환해졌다.

"그래? 정말이니?"

"네."

"누구와?"

"네?"

"그래. 눈여겨 두었던 아가씨가 있었던 거니? 왜 이 어미는 몰랐을까? 누군데?"

"어머니께서 정해주신다고……."

그 순간 남부인의 표정이 싸늘해졌다.

"장후야."

"네."

"넌 내가 정해주는 아가씨랑 평생을 잘 자신이 있니?"

"네."

"왜 그러니?"

"어머니께서 정한 사람이기 때문입니다."

"이 어미가 그렇게 모질어 보였느냐?"

"아니, 저는 그게 아니오라……."

"장후야."

"네. 어머니."

"지난 사흘 동안 어여쁜 아가씨들이 계속 우리 집을 찾
아오더라. 이상하지?"

남장후는 대꾸치 않았다.

하지만 남부인은 그의 대답을 들었다는 듯 고개를 끄덕
였다.

"그래. 이상해. 하지만 달리 생각해보니 이상하지만도
않은 것 같구나. 그 아가씨들, 다 아는 분들이니?"

남장후는 느리게 고개를 저었다.

"다는 아닙니다."

"그래? 그렇구나. 내가 그 분들 중에 한 아가씨를 정하

10

면 되는 거니?"

"아니요. 그렇지는 않습니다."

"장후야. 어렵구나. 이 어미는 널 잘 몰라. 하지만 사랑
할 수는 있단다. 왜냐면 넌 내 아들이니까. 알아듣겠니?"

남장후는 고개를 끄덕였다.

"네."

그러자 남부인의 두 눈이 슬프게 젖었다.

"넌 역시 다 아는구나. 부모였던 적이 있었다는 것처럼
말이야."

그 순간 그녀의 시선을 피하고자 남장후의 고개가 아래
로 내려갔다.

"장후야. 이 어미는 널 몰라도 돼. 그래도 괜찮아. 네가
싫으면 나도 싫어."

남장후의 고개가 더 아래로 내려갔다.

남부인이 말했다.

"장후야."

굳게 다물렸던 남장후의 입술이 살짝 벌어졌다.

"네, 어머니."

"내일 그 아가씨들을 모두 보았으면 좋겠구나. 괜찮겠
니?"

"네, 어머니."

"내일 정하자. 그래도 되겠니?"

천마
재생

"네, 어머니."

"네가 정할래, 아니면 내가 정할까?"

"어머니께서 정해주십시오."

남부인의 표정이 싸늘해졌다.

"정말 그래도 되겠어?"

남장후는 고개를 끄덕였다.

남부인은 남장후의 얼굴을 매섭게 쏘아보다가, 어느 순간 길고 깊은 한 숨을 내쉬었다.

"알았다. 정말 그래보마. 가서 씻어라."

그러며 남부인은 더는 상대하기 싫다는 듯 몸을 돌렸다.

남장후는 그대로 서서 남부인의 가녀린 뒷모습을 멍하니 바라만 보다가, 어쩔 수 없다는 듯 고개를 축 숙이며 몸을 돌렸다.

그러나 남부인이 빨랫감을 널기 위해 툭툭 털어내며 말했다.

"복순이 알지?"

남장후의 걸음이 멈췄다.

"네, 압니다."

"내일 그 아이도 부를 거야."

"알겠습니다."

"마지막으로 한 번만 더 묻자. 정말 내가 정해도 되겠니?"

남장후는 못 들은 척 멈췄던 걸음을 내딛어 우물을 향해 나아갔다.

그러자 남부인은 피식 웃으며 속삭였다.

"하여간 거짓말은 못해요."

†

쉬이이이이이이익!

협륜문에 위치한 강중에서 떠난 쾌속선이 대강의 물결을 가르며, 서쪽을 향해 질주한다.

아니, 물결을 가른다기보다는 수면 위를 떠서 날아가는 듯하다.

대강의 전설이라 불리던 흑룡선에 못지않은 속도였다.

쾌속선의 위, 다섯 명이 서 있다.

그 중 셋은 죽었다고 알려졌던 전대 최강의 고수들인 삼태천이었다.

그들 중 유공이 고개를 뒤로 돌려 떠나온 강중을 눈에 담았다.

"좀 의심스럽군. 패아, 그 녀석이 이렇게 쉽게 물러날 리 없는데……."

그러자 취선이 말을 받았다.

"야망이 생긴 건지도 모르지. 수라천마가 없는 세상의 제일인자가 되겠다는 욕심."

"차라리 그렇다면 다행이외다."

광불이 코웃음 쳤다.

"그렇다면 어떻고 저렇다면 어떤가. 달라질 게 있나?"

유공이 그를 힐끔 보며, 답답하다는 한숨을 쉬었다. 그러자 취선이 술병을 빼어 유공에게 권했다.

유공이 말했다.

"왜? 이 병으로 저 미친 땡중의 머리를 부숴버리라고?"

취선은 소리 없는 웃음으로 답한 후, 술병의 마개를 열어 자신의 입에 가져다 댔다. 그리고 한 모금을 들이킨 후 옆에서 쾌속선을 운전하는 사내를 향해 물었다.

"창리현까지는 얼마나 걸릴 것 같은가?"

"이틀이면 충분합니다."

"그래. 이틀이라. 그때까지 유서나 써두어야 겠구만."

취선의 말에 광불이 코웃음 쳤다.

"쓸데없는 짓을. 그냥 술이나 마시게."

그때였다.

쇄애애애애애애애액!

쾌속선의 위로 빛살이 내리 꽂힌다.

유공은 손을 뻗어 가볍게 낚아챘다.

손가락 두 마디만한 크기의 황금색 새였다.

새는 곧 죽을 것처럼 늘어져 쌕쌕거렸다.

유공의 손짓에 상처를 입어서가 아니었다.

본래 이 새, 금시작(金矢雀)은 일회용으로 그 어떤 새보다 빠르고 멀리 날 수 있는 대신, 목적지에 도착하면 힘을 잃고 죽고 만다.

유공이 취선을 향해 금시작을 내밀었다.

"자네가 가르게."

천외비문은 급한 전갈이 있을 때면 금시작에게 전달하고자 하는 내용의 전서를 삼켜 보냈다.

그러니 죽은 금시작의 배를 갈라야 전갈의 내용을 알 수가 있었다.

하지만 취선은 고개를 돌려 외면했다.

"난 손끝이 무뎌서."

취선의 태극혜검은 빛살조차 나눈다고 하건만…….

유공이 어쩔 수 없다는 듯 죽은 금시작을 광불에게 내밀었다.

광불은 갑자기 두 손을 모아 합장을 취하고 엄숙한 얼굴로 말했다.

"나무아미타불. 시주님, 제게 하실 말씀이 있으신지요."

유공의 얼굴이 구겨졌다.

"이럴 때만 도사고 땡중이지."

유공은 별 수 없다는 듯 빈손에 날카로운 강기를 맺고, 천천히 금시작을 향해 가져다댔다.

천마재생

하지만 닿기 바로 직전에 멈추더니, 쾌속선을 운전하는
무인에게 금시작을 내밀었다.

"자네가 꺼내게."

"운전은?"

"알아서 잘만 가는데, 뭘."

"그래도 이게 전복될 위험이."

"어허. 괜찮다니까 그러네."

"알았습니다."

무인은 운전대에서 손을 놓고 금시작을 받아들었다.

풋!

핏물이 튀어 올랐고, 삼태천의 표정이 일그러졌다.

무인은 피에 물든 자그마한 종이를 유공에게 내밀었다.

"여기 있습니다."

"자네가 읽어주게."

"네? 하지만 봉공님들이 아닌 사람이 열람할 수 없는 극
비……."

"어허. 괜찮다니까 그러네."

"예, 알겠습니다."

무인이 피에 물든 종이를 펴 눈동자로 훑었다. 심각한
내용인지 그의 눈동자가 파르르 떨린다.

"그들이 수라천마 장후의 천종서열을 확정지었답니다."

그 순간 삼태천의 표정이 굳었다.

유공이 한숨을 내쉬었다.

"조금만 더 끌어주면 좋으련만. 그래 몇 위라는가?"

광불이 말했다.

"칠 위?"

취선이 고개를 저었다.

"아니지. 오 위는 될 거야."

무인이 아니라는 듯 천천히 고개를 저었다.

그리고 떨리는 목소리로 말했다.

"서열 이 위, 랍니다."

그 순간 삼태천의 눈코입이 찢어질 듯 벌어졌다.

긴 침묵이 흘렀다.

그리고 어느 순간 유공이 앞을 노려보며 다짐하듯 말했
다.

"어떻게든 제거해야해. 우리가 실패하면, 세상에 종말
이 올 거야."

광불이 동감이라는 듯 고개를 끄덕였다.

그때, 취선이 말했다.

"하지만, 서열 이 위라네. 우리가 성공할 수 있을까?"

침묵이 흘렀다.

그들의 침묵은 이틀 후, 그들이 목적지인 창리현에 이를
때까지 계속 되었다.

第九十三章.

못 했지. 그때는 말이야

第九十三章.
못 했지. 그때는 말이야

백운산.

창리현의 남쪽에 위치한 산으로, 그리 높지는 않지만 산새가 거칠고 그보다 거친 야생짐승이 돌아다니는 탓에 상당히 위험하다.

그렇다고 해서 위험을 무릅쓰고 굳이 오를 정도로 풍광이 아름답지는 않았다.

때문에 사냥꾼이나, 약초꾼을 제외하고는 백운산을 오르는 사람은 거의 없다.

헌데 백운산의 안, 우거진 수풀을 가르며 세 명의 노인이 뒷짐을 쥐고 걷고 있다.

한창 나이의 젊은이도 쉽게 오를 수 없는 경사임에도,

73

그들의 걸음은 가볍기만 하다.

하기야 그들은 길이 없다고 하여도 오를 수 있을 것이다.

그들의 정체가 전 시대에 강호제일이라고 불리었던 절대고수들 삼태천이기에.

"결국 여기까지 왔구만."

유공이 하는 말에 취선이 고개를 끄덕였다.

"그러게. 결국 오고 말았어."

광불이 콧김을 훅 품었다.

"왜 싫은가? 싫으면 돌아가고."

"돌아갈 수 있을까? 돌아갈 곳은 있나? 보자, 저기는 어떠오?"

유공은 그렇게 말하며, 턱 끝으로 왼쪽을 가리켰다.

그 방향을 살피던 취선이 고개를 저었다.

"자네는 너무 자네 위주야. 선풍만리행보다는 나의 십단금을 제대로 펼칠 수 있는 곳을 찾아야지."

광불이 가당찮다는 듯 콧방귀를 뀌었다.

"수라천마의 명줄을 가르는 건 나의 백보신권일 터, 내게 맞는 장소를 찾는 게 낫지."

취선이 답답하다는 듯 한숨을 내쉬었다.

"이보게, 광불. 자네의 백보신권이 분명 절기이기는 하지만, 아무래도 나의 십단금에 비해 반수 처지지 않는가."

광불이 놀랐다는 듯 눈을 크게 떴다.

"지금 웃으라고 하는 말이지? 그렇지?"

취선이 빙긋 웃으며 말했다.

"땡중 놈아. 싸우자."

광불이 팔뚝을 걷어붙이고 씩 웃었다.

"좋지. 그렇게 맞고 싶다는 데, 때려주는 게 불자의 도리이지."

유공이 짜증이 난다는 듯 혀를 차며 말했다.

"쯧쯔쯔쯔. 그만 좀 하시오들. 하여간 하수들이란……. 저기가 좋겠구만. 저기 한 번 봅시다."

취선과 광불이 그를 죽일 듯이 노려봤고, 유공은 공중에 떠오르더니 바람이 되어 자신이 가리킨 방향으로 날아갔다.

유공이 내려선 곳은 사방 이십여 장 정도의 공터였다.

취선과 광불이 뒤이어 내려서자, 유공은 히쭉 웃으며 말했다.

"어떠오? 여기가 좋지 않소?"

취선과 광불을 찬찬히 둘러본 후 고개를 끄덕였다.

"좋구만."

"좋네."

유공의 미소가 짙어졌다.

"그럼 여기로 정합시다, 우리의 무덤을."

취선과 광불이 그와 흡사한 미소를 그렸다.

취선이 털썩 주저앉으며 한숨처럼 말했다.

"우리의 무덤인 건 좋은데, 수라천마의 무덤이 될 수 있는지는 모르겠구만."

유공이 그의 근처에 주저앉으며 속삭였다.

"천종서열 이 위라. 고금제이의 무인. 놀랍소. 그가 그 정도일 줄이야."

광불이 이죽거렸다.

"틀릴 수도 있지. 내가 봐선 십위 내에 턱걸이일 터인데."

유공이 고개를 저었다.

"그가 틀릴 리가 있겠소. 더구나 그의 순위를 책정하는데, 무려 오 년씩이나 걸리지 않았소?"

취선이 말했다.

"오래 고민했다고 하여, 옳은 답을 내린다는 보장은 없지."

하지만 유공은 못들은 척하며 감탄하듯 말했다.

"천종서열 이 위라……. 천종서열 이 위. 엄청나구나. 가만 우리는 몇 위였소?"

취선이 말했다.

"난 삼십육 위."

광불이 입을 굳게 다문 채 외면했다.

그러자 취선이 대신 말해주었다.

"이 땡중 놈은 사십 위였지, 아마?"

광불이 버럭 소리쳤다.

"그것 보라고. 잘 못된 거라니까 그러네."

취선은 코웃음 쳤다.

"그렇게 믿고 싶겠지."

유공이 말했다.

"아, 기억이 납니다. 난 이십육 위였지요, 그쵸?"

그러자 광불과 취선이 사납게 그를 노려보았다.

유공은 그린 것처럼 환한 미소로 그들의 시선에 마주 대
했고, 바로 고개를 하늘로 올렸다.

"이십 위 안에도 들지 못하는 우리가 셋이 모였다 하여
서열 이 위인 그를 죽일 수 있을까 모르겠소."

광불이 말했다.

"천종서열 사이의 격차는 종이 한 장 차이이지 않던
가."

유공이 말했다.

"종이도 종이 나름이지요."

취선이 눈동자를 빛내며 말했다.

"그러니 그를 십위 권 밖으로 끌어내려야지. 잠시 뿐이
라도 말이야."

유공과 광불이 고개를 끄덕였다.

수라천마 장후의 천종서열을 끌어내리는 방법은 아주 단순했다.

수라천마 장후의 평정을 깨버리는 것.

그 자그마한 차이만으로 천종서열의 순위를 십여 등급 정도는 급락시킬 수 있다.

천종서열은 그렇다.

서열에 기록된 이들의 수준은 모두가 종이 한 장 차이이기 때문이다.

하지만 천종서열에 오른 이들의 평정을 깬다는 건 지극히 어려운 일이다.

그렇기에 팔년이 걸렸다.

수라천마 장후가 세상에 다시 등장했던 팔년 전, 천외비문은 바로 그를 제거하기 위한 계획을 수립했고, 실행에 옮겼다.

비겁하고 치졸한 방식이지만 어쩔 수 없었다.

삼태천은 이 모든 게 대의와 세상의 평화를 위해서라고 스스로를 위로했지만, 비겁한 변명이라는 생각을 지울 수는 없었다.

그렇기에 마지막 순간을 목전에 두고 있는 지금도 그들의 표정이 씁쓸했다.

"이름이 홍예주라고 하였지요, 그 아이가?"

유공이 갑작스레 하는 말에 취선과 광불은 고개를 끄

78 10

덕였다.

"정말 수라천마 장후의 아내와 그렇게 닮았답니까?"

취선이 답답한 마음을 한숨에 담아 말했다.

"그렇다오. 다시 태어난 것처럼 아주 똑같답니다, 그려."

광불이 말했다.

"더 똑같아지도록 팔 년 동안 교육시켰다는 구만."

유공이 한숨을 내쉬었다.

"우리는 지옥에 떨어질 게요."

취선이 히죽 웃으며 호로병을 꺼냈다.

"지옥에도 술이 있으면 좋겠구만."

그러며 한 모금을 마신 후, 유공에게 내밀었다.

유공은 받아들며 하늘을 올려다보았다.

하늘색이 푸르기만 하다.

"죽기에 참 좋은 날이로구나."

†

홍예주는 창문을 활짝 열었다.

물빛 하늘에 양떼처럼 새하얀 구름이 떠돈다.

정말 좋은 날씨다.

이곳 창리현에서 머문 지도 벌써 사흘 째였다. 하지만 이제 하루나 되었을까 싶을 정도로 짧게 느껴졌다.

천마재생

솔직히 창리현에 도착한 첫날을 지루했다. 지난 오 년 동안 그녀는 정말 과장 조금 섞어서 눈코 뜰 새 없이 바쁘게 살았다. 하기에 아무것도 하지 않아도 되고, 또한 할 게 없다는 게 견디기가 힘들었다.

하지만 사흘이 된 지금 그녀는 충분히 고적함과 여유를 즐기고 있었다.

이런 게 사는 거지 싶다.

'여기서 살고 싶네.'

자그마한 장원을 하나 짓고 예쁘장한 아이를 키우며, 조금 까칠하지만 듬직한 남편과 함께…….

'응?'

왜 남편의 얼굴을 떠올릴 때, 남장후라는 사내의 얼굴이 떠오른 걸까?

홍예주는 인상을 구겼다.

'왜 하필 그 남자가…….'

아니, 솔직히 잘생긴 건 인정한다.

하지만 성격이 너무 까칠해.

"그런 남자, 누가 좋아하겠어."

홍예주는 볼을 부풀리며 그렇게 투덜거렸다.

애써 남장후의 얼굴을 지우며, 다시 푸른 하늘을 바라보았다.

하여간 좋은 날씨이다.

이런 곳에서 자그마한 장원 하나를 짓고 사랑하는 사람과 함께 아이를 키우며 오순도순 산다면, 더 없이 행복하겠지.

　　하지만 그럴 수가 없다.

　　그녀의 삶은 오늘까지니까.

　　"다행이야. 죽기에 딱 좋은 날씨이야."

　　홍예주는 그렇게 스스로를 위로했다.

　　죽음이란 예고하고 오는 법이 없다.

　　나이를 먹고 증손주까지 보다가, 침대에 누워 잠들 듯이 조용히 수명을 다하는 사람도 있기는 하다.

　　하지만 그보다 많은 경우, 난데없이 목숨을 잃는다.

　　비 오는 날 떨어진 번개에 맞아 죽을 수도 있고, 마주 달려온 말에 치어 죽을 수도 있다.

　　방금까지 웃고 떠들다가 갑자기 가슴을 부여잡고 쓰러지더니, 다시는 일어나지 않는 사람도 있다.

　　그렇다고 억울할 건 없다. 그게 죽음이니까.

　　그러니, 억울해서는 안 된다.

　　홍예주는 그렇게 다짐했다.

　　'오히려 난 나은 편이잖아.'

　　언제 죽을지를 미리 알고 살아왔으니까.

　　지난 봉래상단이 급성장할 수 있었던 원인은 금적산의

지원이 있었기 때문이라지만, 사실 그 이전에 비대인(秘大人)이라는 소금상인의 도움이 있었기 때문이었다.

그때가 팔 년 전인가?

당시 봉래상단의 상황은 좋지 않았다.

좋지 않은 정도라기보다는, 사실 망하기 일보 직전이라고 해야 옳겠지.

당시 봉래상단의 단주인 홍예주의 아버지는 무리한 확장을 시도했던 탓에 빚더미에 앉았고, 그로인해 염왕채를 빌렸다가 결국 값을 방법이 없어서, 실제로 염왕을 뵈러 가야될 상황이었다.

어렸던 홍예주는 당시의 상황을 잘 기억하지는 못하지만, 이런 생각을 했던 건 기억이 났다.

팔려가서 기녀가 될 수도 있겠구나, 라는…….

비대인을 만나지 못했다면, 그렇게 되었을 거다.

비대인은 당시 무상으로 천금을 빌려주어 봉래상단은 위기를 넘길 수가 있었고, 오 년 전에는 봉래상단을 금적산에 연결시켜주기까지 했다.

세상에 공짜란 없다.

특히 상계에서 대가 없는 호의란, 보이기는 하지만 아무리 걸어도 닿지가 않는 신기루와 같은 것이다.

그러면 비대인이 대체 원한 건 무엇이었을까?

그의 요구조건은 단 한 가지뿐이었다.

언젠가 자신이 원할 때, 홍예주가 스스로 목숨을 끊는 것.

어째서 그런 대가를 원한 건지는 모른다.

간혹 부자들 중에는 편협하고 사특한 성향을 가진 자들이 있어 변태적인 행각을 벌이고는 했는데, 그가 그런 유형의 사람일 것이라고 짐작했을 뿐이다.

어찌되었든 봉래상단은 그와의 거래에 응할 수밖에 없었고, 그로 인해 지금의 영화를 이룩할 수 있었다.

그리고 사흘 전, 창리현에 도착하기 바로 직전에 홍예주는 비대인의 전갈을 받았다.

사흘 후, 해가 떨어질 무렵 죽으라는 내용이었다.

"죽기 싫어."

팔년 동안 홍예주는 매일 그 말을 중얼거렸다.

언제 죽을지 몰랐다.

어느 날 비대인이라는 작자가 나타나 죽으라고 한 마디를 하면 죽어야만 하는 자신의 처지가 싫고 슬프기만 했다.

하지만 약속은 약속이다.

상인은 신용이 생명이다. 지난 팔년 동안 어엿한 한 사람의 상인으로 성장한 그녀로써는 비대인과의 약속을 어길 생각 따위는 할 수가 없었다.

혹시 어긴다면 바로 봉래상단의 몰락으로 이어질 테니까, 그럴 수도 없다.

천마재생

그렇기에 그녀는 자신의 죽음을 담담히 받아들이기 위해 수없이 각오했고, 다짐했다. 그리고 하루하루를 충실하게 살았다.

살아있었다는 증거를 만들기 위해서 그랬다. 그녀에게 하루는 황금보다 귀한 가치가 있었으니까.

이제 반나절 남은 생 뭘 해야 하나?

홍예주는 우선 가장 예쁜 옷을 꺼내 입었다. 팔뚝이 비치만큼 얇아서 조금 야한가 싶은 생각에 사두기만 했을 뿐, 입어볼 엄두조차 나지 않던 옷이었다.

"마지막 날이니 어때?"

그녀는 그렇게 변명하듯 속삭이며, 없는 용기를 내어 몸에 걸쳤다.

그리고 화장대에 앉았다. 하지만 얼마 있지 못하고 일어섰다. 굳이 화장을 하느라 아까운 시간을 보내고 싶지는 않았다.

대신 가볍게 분칠 정도만 하고, 숙소를 나섰다.

우선 이리저리 돌아다닐 생각이었다.

그리고 가장 마음에 드는 장소를 찾아, 거기서 죽어야지.

"아! 맞다."

해질 무렵이면, 남장후라는 까칠한 사내의 집에 가기로 한 시간이다.

상인은 약속을 어겨서는 안 된다.

그 약속을 어긴다면, 이 약속도 지킬 필요가 없잖아.

'거기서 죽게 되었네. 어쩌나?'

어쩌면 비대인은 거기서 죽으라며 오늘 그 시간으로 정해놓은 건지도 모른다.

왜 그런 건지는 모르지만, 남부인과 남장후라는 사내가 많이 당황할까 좀 미안했다.

'사전에 양해를 좀 구해야 하나?'

어떻게?

'이제 전 자결할 겁니다. 그러니까 놀라지 마시고요. 그러려니 하세요. 뭐 그렇게?'

웃음도 나지 않았다.

'아니, 이제 곧 죽을 사람이 살아있는 사람 마음까지 걱정해야해?'

홍예주는 그렇게 투덜거리며, 그녀가 머물던 숙소인 객잔의 문을 박차고 나왔다.

"자, 어디로 갈까?"

우선 시내를 돌아다니며, 장신구 같은 거 좀 사볼까?

차라리 반나절 동안 남자를 꼬셔보는 건 어떨까?

'뭐라고 꼬시지?'

전 반나절 후에 죽는데, 그런 저를 가엽게 여기셔서 사귀는 척만 해주실 수는 없나요? 한 시진 정도 만요.

홍예주는 고개를 숙였다.

"웃음도 안 나네."

그때였다.

"어이."

홍예주는 휙 고개를 돌렸다. 그 순간 그녀의 눈이 크게 벌어졌다.

남장후라는 사내가 그 자리에 서 있었다.

"어?"

남장후는 말했다.

"홍예주라고 했지?"

홍예주는 고개만 살짝 끄덕였다.

남장후가 다시 입을 열었다.

"시간 있어?"

홍예주는 고개를 저었다. 하지만 바로 방향을 바꾸어 고개를 끄덕였다.

"있다는 거야, 없다는 거야?"

홍예주는 잠시 입을 우물거리다가, 말했다.

"없는데, 있어요."

"그럼 나랑 좀 다니자. 해 떨어질 때까지."

홍예주는 눈을 껌뻑였다.

'뭐야, 이 남자?'

대체 갑자기 왜 이러는 걸까?

'어? 설마 연애하자는 거야, 지금?'

그렇게 까칠하게 굴 때는 언제고.

'진짜, 별로다. 이 남자. 누가 연애를 이렇게 하자고 그래. 됐다. 싫네요.'

하지만 그녀는 생각과는 달리, 환하게 웃으며 외치듯 말했다.

"그러죠!"

어째서 그런 건지는 그녀 자신도 몰랐다.

하지만 반나절 남은 생, 이 남자와 함께 보내는 것도 나쁘지 않다는 생각이 들었다.

홍예주는 남장후에게 다가가며 물었다.

"우리 뭘 할까요, 그럼?"

남장후가 씨익 웃었다.

"내가 가장 잘 하는 일."

'생의 마지막 날, 난 무엇을 하고 있을까?'

홍예주는 이따금 상상했다.

'뭔가 재미날 만한, 혹은 기념이 될 만한 일을 하려고 하겠지. 하지만 그리 즐겁지는 않을 거야.'

'아니지. 아무것도 못한 채 방 구석에 틀어박혀서 하루 종일 울고만 있을 지도 몰라.'

'어쩌면 사랑하는 사람과 함께 행복하면서도 슬픈 시간

을 보내고 있지는 않을까? 그렇다면 그렇게 나쁘지 않은 최후일지도.'

그런 상상을 하는 동안은 슬프고 괴로웠지만, 그만둘 수는 없었다.

'어쩌면 안 올지도 몰라.'

때로는 그렇게 부정해보기도 했다.

하지만 결국 이렇게 오고 말았다.

생의 마지막 날.

그 슬프고 괴롭지만 소중한 날이 왔을 때, 홍예주는 자신이 무엇을 하고 있을지 이제는 안다.

하루 종일 집안 구석에 울고 있지는 않는다.

그렇다고 사랑하는 사람과 함께 최후를 기다리지도 않는다.

그저 햇살이 쏟아지는 대로를 아직 잘 모르는 남자와 함께 걷고 있었다.

홍예주는 바로 옆에서 앞만 보며 걷고 있는 남장후의 옆얼굴을 힐끔거렸다.

'이 남자는 대체 왜 날 찾아온 걸까?'

마치 기다렸다는 듯 이른 아침 찾아와서는 밤이 올 때까지 함께 있자고 한 남자.

'그리고 난 이 남자를 왜 따라온 거지?'

잘 모르는 남자이다.

한 번 밖에 본 적이 없는 남자, 고작 몇 마디를 나누어본
게 전부이다.

'내가 이 남자에게 관심이 있나?'

그것도 잘 모르겠다.

그저 남장후를 본 순간, 그에게 해질 때까지 같이 있자
는 말을 듣는 순간, 나쁘지 않겠구나 라는 생각이 스쳤
다.

그래, 나쁘지 않다.

나른한 햇살과 하루를 준비하는 사람들 사이로 남장후
와 함께 한적하게 걷고 있는 지금이 참 괜찮았다.

홍예주가 웃으며 저도 모르게 속삭였다.

"참, 좋다."

그러자 남장후가 바로 물었다.

"좋아? 뭐가?"

참 좋던 기분 음침하게 만드는 재주는 타고난 사람이다.

"그냥 좋네요. 날씨가 좋아서 일까요?"

"곧 비올 거야."

"네?"

남장후가 턱 끝을 들어 남쪽하늘을 가리켰다.

멀리, 하늘이 거뭇하다.

먹구름이 몰려오는 모양이었다.

말마따나, 비가 올지도 모르겠다.

실망스러운지 홍예주의 눈매가 살짝 내려갔다. 하지만 활짝 펴졌다.

그래. 비가 오는 것도 나쁘지 않다.

남장후가 물었다.

"또 좋아?"

"네. 오랜만에 비를 맞아보는 것도 좋은 것 같네요."

"금방 지나갈 거야."

휙.

홍예주의 고개가 그를 향해 꺾였다.

"사람이 왜 그래요?"

"내가 뭘 어쨌다고?"

"그것도 재주네요. 아! 이제 알겠네."

"뭘?"

"당신이 가장 잘한다는 일. 사람을 괴롭히는 거죠?"

그 순간 남장후의 고개가 그녀를 향해 돌아갔다.

남장후와 눈이 마주치는 순간 홍예주는 움찔하며 몸을 떨었다.

'뭐 저런 눈빛이 다 있지?'

홍예주는 나름 유능한 상인이기에 나이에 비해 사람을 알아보는 능력이 뛰어나다고 자부했다.

실제로 그녀가 맞았던 거래에서는 신용이 문제가 된 상대가 거의 없었다.

어떻게 그럴 수 있었을까?

홍예주는 자신이 살아온 나날이 적기에, 사람을 알아보기 위한 판단의 근거가 부족함을 잘 알고 있었다.

그렇다고 해서 부족함을 이유로 자신의 지위와 책임을 저버릴 수는 없었다.

하기에 그녀는 경험과 학식을 대체할 수 있는 뚜렷한 잣대가 필요했고, 그 잣대를 상대방의 눈으로 삼았다.

그리고 그들이 눈동자에 드러나는 감정을 밝기에 따라서 정해 읽었다.

백색부터 검은 색까지.

밝기에 따라 일곱 개의 등급으로 나누었고, 그 등급에 따라 신용도를 나누었다.

그리고 그녀는 백색의 눈동자를 가진 이들과 거래했고, 흑색의 눈동자를 가진 이들은 멀리했다.

결과는 나름 성공적이었다.

그렇기에 홍예주는 자신의 잣대를 믿었다.

하지만 생의 마지막 날이기 때문일까?

뭔가 이상하다.

'이런 색은 처음 봐.'

너무 어둡다.

그렇기에 오히려 하얗다고 여겨질 정도이다.

어두우면서 하얗다니.

어떻게 읽어야 할지를 구분 지을 수가 없다.

남장후가 미소를 짓는다.

이 미소 역시 마찬가지였다.

어찌 보면 굶주린 포식자가 먹잇감을 노리는 듯이 흉폭하고, 달리 보면 갓 태어난 아이마냥 순수하다.

홍예주는 단 한 가지만은 알 것 같았다.

'이 남자, 위험한 사람이야.'

홀어머니를 모시며 시골에서 농사를 짓고 사는 순박한 청년 따위는 절대 이런 눈을 가질 수가 없다.

남장후의 입술이 벌어졌다.

"그래, 그것도 잘 하지. 하지만 제일 잘하는 건 아니야."

그러더니 홍예주에게서 눈을 떼고, 머리를 다시 정면으로 돌렸다.

홍예주는 안심이 된다는 듯 한숨을 내쉬었다.

'어? 내가 겁먹은 거야?'

겁먹을 이유는 없었다.

이제 곧 죽을 사람이 겁날 게 또 뭐가 있겠어?

홍예주는 용기를 내어 물었다.

"그럼 뭘 제일 잘하는 데요?"

"궁금해?"

"궁금하죠. 당신이 제일 잘하는 일을 하러가자고 했잖아요."

남장후는 질문에 대답하지 않고 오히려 질문을 던졌다.

"사람이 가장 괴로울 때가 언제인줄 아나?"

홍예주는 고개를 갸웃거렸다.

"글쎄요."

난 언제 가장 괴로웠더라?

거래에 실패했을 때?

아니지.

지금이겠지.

"죽음에 이른 순간이요."

홍예주는 확신이 담긴 목소리로 그렇게 말했다.

하지만 남장후는 고개를 저었다.

"아니. 가장 가까운 사람이 죽는 모습을 보았을 때이지."

"가장 가까운 사람이 죽었을 때?"

"그래. 죽음이란 미지의 영역이야. 살아있는 건 그 무엇이라도 닿은 적 없는, 그렇기에 죽는 그 순간까지 알 수가 없는 불가해이지. 그렇기에 두려워하지. 하지만 죽음에 이르렀다 하여 괴롭지는 않아. 하지만 내게 가장 가까운, 내가 가장 아끼는 사람이 죽는다는 건 다른 문제이지. 그가 없는 세상 속에 내가 살아간다는 것. 그가 없이 밥을 먹고 옷을 입고 잠을 잔다는 것. 그건 차라리 목숨을 끊어버려 지워버리고 싶을 만큼 괴롭지."

"겪어본 사람처럼 말하네요."

남장후는 씁쓸한 표정으로 살짝 고개를 끄덕였다.

"겪어봤지. 이겨도 냈고."

홍예주는 고개를 갸웃거렸다.

"저는 모르겠네요. 그런 것 같기도 하고, 아닌 것 같기도 하고요."

그러더니 홍예주에게 물었다.

"네게 알려주마. 네가 없는 세상을 살아갈 너의 사람들이 얼마나 괴로울지를."

홍예주의 얼굴이 굳었다.

"당신, 그게 무슨 뜻이죠?"

"이제부터 알 거야."

그러며 보폭을 넓혀 앞으로 나아갔다.

홍예주는 그의 뒤를 빠르게 쫓으며 물었다.

"당신, 나에 대해 뭘 알고 있죠?"

남장후는 대답이 없었다.

홍예주는 소리쳐 물었다.

"당신, 설마 비대인이 보낸 사람이에요? 내가 약조를 지키는지 안 지키는지 지켜 보라던가요?"

"비대인?"

남장후가 갑자기 오른 쪽으로 고개를 돌렸다.

"저 녀석을 말하는 거냐?"

홍예주는 남장후의 시선을 쫓아 오른 쪽으로 몸을 돌렸다.

그곳에 아지랑이가 피어오르더니, 어느 순간 피투성이의 사내가 모습을 드러냈다.

사내는 먼지투성이인데다가 회백색의 머리카락이 까치집처럼 헝클어져 자세히 살펴보아야 용모를 알아볼 수가 있었다.

어렵게 사내의 용모를 알아본 홍예주가 깜짝 놀라 외쳤다.

"비대인!"

비대인이었다.

지난 팔 년 동안 실제로 그녀가 비대인을 만난 횟수는 고작 다섯 번에 불과했다. 또한 일각을 넘도록 마주 앉은 적이 없었다.

하지만 그렇다고 해도 알아볼 수는 있었다.

목숨의 거래를 강요한 사람인데, 어떻게 저 얼굴을 못 알아볼 수 있을까.

비대인이 입술을 비틀어 힘겹게 말했다.

"약속을……, 꼭 지켜……."

위이이이이잉.

그의 주변에서 아지랑이가 피어올라 장막처럼 비대인을 가렸고, 잠시 후 그와 함께 씻은 듯이 사라져 버렸다.

천마재생

홍예주는 눈만 껌뻑였다.

뭐가 어떻게 된 걸까?

비대인이 왜 이곳에 나타난 걸까?

더욱이 그토록 초라한 모습으로 나타나다니.

아니지.

그런 일은 있을 수 없었다.

꿈을 꾸고 있는 건지도 모르겠다.

홍예주는 자신의 볼을 찰싹 두들겼다.

"아야."

아프다.

남장후가 그녀를 돌아보며 눈살을 찌푸렸다.

"뭐하는 거지?"

홍예주는 비대인이 나타났던 곳을 손가락질하며 외치듯
말했다.

"방금, 저기 사람이 나타났던 거, 그 비대인이, 당신도
봤죠? 그쵸?"

남장후가 한심하다는 듯 짧은 한숨을 내쉬었다.

그제야 홍예주는 그곳에 비대인이 나타날 것이라고 알
려줬던 사람이 바로 남장후임을 기억해냈다.

홍예주가 그에게서 한 걸음 물러나며 떨리는 목소리로
물었다.

"다, 당신. 정체가 뭐야?"

남장후는 피식 웃었다.

"이제야 그게 궁금해?"

"당신 뭐하는 사람이야! 비대인은 어디로 간 거야?"

남장후는 그녀의 발악같은 질문을 무시하며 걸음을 내딛었다.

홍예주는 멀어지는 그의 뒷모습을 가만히 바라보고만 있었다.

저 남자는 위험하다.

아니, 위험한 정도가 아니야.

지금 떨어지는 게 낫다.

홍예주는 반대 방향으로 몸을 틀었다. 그리고 걸음을 내딛으려다 말고 멈췄다.

'가면 어딜 간다고?'

갈 곳은 없다.

오늘 해가 떨어질 쯤, 죽어야 하니까.

슬며시 남장후를 향해 몸을 돌린다.

그 사이에도 남장후는 걸음을 내딛어, 계속 멀어져 가고 있었다.

기다리지 않는다.

그대로 떠난다고 해도 붙잡지 않겠다.

네가 선택하라.

남장후의 등은 그렇게 속삭이는 것만 같았다.

홍예주는 이를 악물고, 주먹을 쥐었다.

'뭐가 뭔지 모르겠어.'

하지만 한 가지, 저 남장후라는 위험한 남자를 따라가면 뭔가를 알게 될지도 모른다는 생각이 든다.

엄청난 고난과 역경이 기다리고 있을 지도 모른다.

'하지만, 방구석에 앉아서 죽을 때를 기다리는 것보다는 낫잖아.'

홍예주는 용기를 내어 남장후 쪽으로 무겁게 한 걸음을 내딛었다.

처음이 어려웠다.

두 걸음은 가벼웠고, 세 번째 걸음은 날아갈 듯했다.

네 번째는 걸음이 아니라 뜀박질이 되어 있었다.

홍예주는 있는 힘껏 달려 남장후의 곁에 이르고서야 멈췄다.

그리고 살짝 가빠진 숨소리를 가누며 휙 고개를 들어 남장후를 바라보았다.

그 순간, 남장후가 말했다.

"해가 지려면 아직 멀었어."

"마치 해를 붙들기라도 한 것 같이 말하시네요."

남장후가 소리 없이 웃었다. 그리고 홍예주 쪽으로 고개를 돌렸다.

"정말 닮았구나."

"네?"

"그녀도 그런 말을 한 적이 있었지."

"그녀?"

"그때 난 그렇게 대답했지. 정말 해를 잡아놓을까, 라고."

홍예주는 저도 모르게 피식 웃었다.

연인 사이에서나 나눌 수 있는 유치하고 간지러운 문답이다 싶어서였다.

그러자 남장후가 마치 변명하듯 말했다.

"그때는 그러고 싶었지. 그녀를 위해서라면 저 해를 붙들어 놓을 수도 있다고 생각했어. 하지만……."

"못 했겠죠."

남장후가 고개를 끄덕였다.

"그래. 못 했지. 그때는 말이야."

"그때는?"

남장후는 홍예주를 똑바로 바라보며 물었다.

"해를 붙들어 줄까, 지지 않도록?"

홍예주는 웃으려 했다. 하지만 웃음이 나오지 않았다. 오히려 긴장을 숨기기 위해 침을 꿀꺽 삼켰다.

남장후의 눈빛과 표정 때문이었다.

진짜 원한다고 말하면, 저 해가 저물지 않도록 붙들어 놓을 수 있다는 듯했다.

침묵이 늘어졌고, 어느 순간 남장후가 피식 웃었다.

"그럴 수는 없지. 넌 그녀가 아니니까."

그러며 남장후는 다시 앞으로 걸음을 내딛었다.

홍예주는 그의 등을 향해 묻고 싶었다.

'내가 그녀라면 저 해를 정말 붙들어 놓을 수는 있다는 건가요?' 라고……

하지만 홍예주는 입 안까지 치밀어 올랐던 말을 억지로 삼켰다.

그의 말마따나 난 그녀가 아니기에.

그리고 남장후가 해를 붙들 수는 없기에…….

第九十四章.

모르시겠나?

第九十四章.

모르시겠냐?

　홍예주가 머무는 창호객잔은 창리현 내에서 가장 번화
한 거리, 아니 유일한 번화가라고 할 수 있는 창항대로에
위치해 있다.

　창항대로의 밤은 술과 웃음을 파는 객잔이 불을 밝히어
농부와 상인들이 노곤한 몸을 이끌고 모여든다.

　하지만 낮에는 소상인들이 모여들어 가판대를 만들고
그 위에 다양한 생필품을 놓아두고 호객행위를 하여, 여인
과 노인, 아이를 불러 모은다.

　아직 상인들이 나오지 않아 인적이 드문 이른 아침, 두
남녀가 나란히 걷고 있다.

　남장후와 홍예주였다.

천마재생

말없이 걷고만 있던 남장후가 이제 막 가판대를 설치가
끝난 자리에 갑자기 멈추더니, 손을 내밀어 가판대 위에
놓인 것 중 두 개의 막대기를 집어 든다.

그리고 그 중 하나를 홍예주에게 내밀었다.

"먹어봐. 맛있어."

"감사해요."

홍예주는 남장후가 내어주는 빙당호로를 받아들며 생각
했다.

'내가 왜 이 남자한테 빙당호로 따위를 받아야하는 거지?'

당신의 정체가 뭔지, 비대인은 왜 그렇게 나타났다 사라
졌는지, 그리고 날 어떻게 하려는 건지, 그거나 이야기 해
달라고요.

그렇게 외치고 싶지만, 아직 눈치를 보느라 말이 나오지
않았다.

그렇기에 홍예주는 우걱, 하고 신경질적으로 빙당호로
를 깨물어 먹을 뿐이었다.

"아! 정말 맛있네?"

그녀가 깜짝 놀랐다는 듯이 눈을 휘둥그레 뜨며 하는 말
에 남장후가 대꾸해주었다.

"난 거짓말을 하지 않아."

그러며 남장후는 가판대에 엽푼 두 개를 내려놓고, 앞으
로 걸어갔다.

홍예주는 그의 뒤를 따르며 생각했다.

'거짓말을 하지 않는다고?'

그럼 정말 해가 저물지 않도록 하늘에 매달아 둘 수 있다는 거야?

코웃음이 절로 나온다.

'그런데 이 남자, 정말 정체가 뭘까? 그리고 이 빙당호로는 왜 이렇게 맛있는 거지? 이 빙당호로의 제조법을 알아내서 천하각지에 분점을 만들면 제법 괜찮은 장사가 되겠는데?'

아! 이 뼛속까지 박힌 상인기질이라니.

죽을 시간을 얼마 남기지 않았음에도, 사업구상이나 하고 있는 자신이 한심했다.

홍예주가 물었다.

"그런데요. 아까 잠깐 나타났다 사라진 사람, 정말 비대인이 맞나요?"

"그러면 네 생각에는 누굴 것 같은데?"

"비대인이요."

"그럼 비대인이 맞겠지."

"왜 비대인이 그렇게? 대체 당신은 어디서부터 어디까지, 얼마나 아는 거죠?"

"넌 뭘 알지?"

"전……."

홍예주는 말을 하지 못하고, 지그시 입술을 깨물었다.

그리고 고개를 푹 숙이며 결국 고백하듯 속삭인다.

"전 아무것도 모르네요."

"왜 모르지?"

"알면 더 아플까봐요."

"왜 아프지?"

"알아도 바뀌는 건 없으니까요."

"왜 안 바뀌지?"

홍예주는 고개를 번쩍 들어 올리며 날카롭게 외쳤다.

"바꿀 수가 없으니까요!"

그러며 남장후를 매섭게 쏘아보았다.

"이제 비대인은 없다."

"그래서요?"

"그가 네게 죽으라고 강요했을 텐데?"

"아하. 그가 없으니까 안 죽어도 된다?"

홍예주는 입가에 비웃음을 그렸다.

"당신은 무림 쪽 사람인 모양이네요. 비대인을 죽이면 모든 거래가 끝난다고 여기시는 모양인데, 우리 상계는 그렇지 단순하지가 않아요. 죽는다고 해도 그의 재산은 살아 있어요. 우리 상계에서는 상인이 사람이 아니라, 재산이 사람이죠. 비대인은 그저 비대인이라는 거대한 재산이 쓴 가면이었을 뿐이에요. 그의 재산은 또 다른 비대인을 만들어 놓았겠죠."

"쉽게 말해 돈에 사람이 휘둘린다는 거네."

"우리를 모욕하는 사람들은 그렇게 얘기하죠. 하지만 어디든 똑같지 않나요?"

"그러니까 넌 돈 때문에 스스로 죽겠다?"

홍예주의 표정이 굳었다.

"대화가 안 통하네요. 그렇게 말귀가 어두운 사람은 아닌 것 같은데 말이에요."

남장후는 코웃음 쳤다.

"역시 넌 그녀와는 달라."

"그녀는 어땠길래요?"

"그녀는 바꿀 수 없는 건 아무것도 없다고 했었지."

"그 분, 누군지 모르지만 나와는 다른 게 분명하네요. 참 궁금해지네요. 그 분, 어디계세요?"

"없어."

"없다니. 왜 없……, 아."

홍예주는 짧은 탄성과 함께 입술을 지그시 깨물었다.

사람을 두고 없다고 하는 건, 사라졌기 때문이겠지.

하늘로 날아오르고, 땅에 뒤섞였다는 거다.

한 줌의 가루가 되어서…….

남장후가 말했다.

"살아라."

홍예주는 눈을 동그랗게 뜨고 물었다.

"네? 뭐라고요?"

"살아라. 너는 살아도 된다."

홍예주가 어색하게 웃었다.

"당신이 잘 몰라서 하는 말인데, 비대인을 어찌 한다고 해도⋯⋯."

"살아도 된다."

홍예주의 두 눈에 물방울이 고였다.

"안 돼요."

"살아도 돼."

"안 된다고요. 정말 안 돼요. 그러면⋯⋯, 그러면 우리 봉래상단이⋯⋯."

"살아도 된다."

홍예주가 두 손을 들어 얼굴을 가렸다.

"왜 그래요, 나한테. 이러지 마요."

남장후가 말했다.

"살아도 된다."

마치 할 줄 아는 말이 그것 밖에 없다는 듯하다.

홍예주가 결국 울먹이며 고백하듯 말했다.

"안 된다고요. 누군 살고 싶지 않은 줄 알아요? 그러면, 안 되니까 그러는 거 아니에요."

"살아도 돼."

"어떻게요?"

"난 해를 잡아둘 수 있다. 밤을 머물도록 할 수 있다. 하늘과 땅을 바꿀 수도 있다."

"거짓말."

"난 거짓말을 하지 않아. 하지만 못하는 게 하나 있지."

"뭐죠?"

"죽은 사람은 살리지 못해. 스스로 죽겠다는 사람까지 살게 하지는 못해."

홍예주가 얼굴을 가렸던 손을 내렸다. 그리고 남장후의 얼굴을 가만히 바라보았다.

"정말 거짓말 못해요?"

"못 하는 게 아니라, 안 해."

"정말 못 하는 게 그거 밖에 없어요?"

"아직까지는 그래."

"당신을 믿어도 되나요?"

"아니. 그저 너는 너의 선택을 믿어야하겠지."

홍예주가 입을 다물었다. 그리고 부들부들 몸을 떨었다.

결정을 내릴 수가 없는지, 고개를 들어 하늘을 바라본다.

푸른 하늘을 집어삼키려 저 멀리서 먹구름이 몰려들고 있었다.

조금 있으면 이곳에도 비가 내리겠지.

몸뿐이 아니라, 마음까지 흠뻑 적셔 버릴 거야.

천마재생

홍예주가 속삭이듯 말했다.

"비 오는 날, 죽고 싶지는 않아요."

그리고 고개를 내렸다. 그녀의 얼굴은 어느새 눈물로 흠뻑 젖어 있었다.

홍예주는 갑자기 무릎을 털썩 꿇더니, 기도를 한다는 듯 손을 모았다.

그리고 애원하듯 말했다.

"살려주세요. 제발. 흐흐흐흐흑."

그 순간 남장후의 두 눈매가 날카로워졌다.

위이이이이이이잉.

바람 한 점 없는데, 그의 옷이 나풀거리고 있었다.

남장후가 입을 벌려 한 마디를 속삭였다.

"소한."

낮고 중후한 목소리.

그러자 남장후의 오른쪽에 아지랑이가 피어오르더니, 사람의 형태가 되었다.

소한살객이었다.

그는 무릎을 꿇고 앉더니, 고개를 숙였다.

남장후는 그를 돌아보지도 않고 말했다.

"봉래상단에 개입된 천외비문의 주구를 모조리 뿌리 뽑아라. 기한은 오늘 해가 떨어질 때까지."

소한살객이 외쳤다.

"명을 받습니다."

휘이이이잉!

그는 아지랑이가 되어 사라졌다.

남장후가 말했다.

"마자."

그러자, 남장후의 왼편에 두 줄기의 빛살이 내리더니, 두 명의 사람으로 변했다.

백궁마자 대장과 총대였다.

이번에도 남장후는 돌아보지도 않고 말했다.

"금적산이 너무 컸다."

대장이 물었다.

"지우겠습니다."

남장후는 고개를 저었다.

"아니. 우선 황번동만 도려내라. 황일정은 잠시 더 두고 본다. 그리고 황번동은 살려서 데려와라."

대장은 조심스레 물었다.

"살려두기만 하면 됩니까?"

남장후가 피식 웃었다.

"많이 심심했구나?"

대장은 대답하는 대신, 싸늘한 미소만을 그렸다.

남장후가 말했다.

"그건 네가 알아서 하도록."

대장이 공수를 취하며 외치듯 말했다.

"네. 명을 받듭니다!"

총대는 덩달아 고개를 숙였다. 그리고 조심스레 물었다.

"저도, 가도 됩니까?"

남장후가 짧은 한숨을 쉬었다.

"보내도 되냐?"

총대는 엄숙한 표정으로 공수를 취했다.

"네! 맡겨만 주십시오!"

"잘 하자."

"네!"

"다녀와라."

"네!"

휘이이익!

대장과 총대는 다시 빛살이 되어 하늘을 향해 튀어 오르더니, 이내 사라져버렸다.

남장후가 말했다.

"너희도 나와봐."

그러자, 그의 등 뒤로 네 개의 그림자가 솟구쳐 올랐다.

두 명의 청년과 두 명의 소년.

오륜마교의 네 교주들이었다.

그들 중 맏이인 괴겁마령이 말했다.

"요 뒤에 백운산을 중심으로 모여들었더군요."

다섯 교주 중 둘째인 혈우마령이 이어 말했다.

"삼태천이 왔습니다. 오랜만인데 인사도 나누지 못해서 서운하더라고요."

남장후가 물었다.

"그 외에는?"

다섯 교주 중 셋째인 월야마령이 말했다.

"보이지 않습니다. 하지만 분명 삼태천만 나서지는 않았을 겁니다. 최소 천지인(天地人), 삼문주 중 한 둘은 나서지 않았을까 하고 짐작합니다."

"셋 모두가 나섰다고 해도 상관없다."

남장후의 눈매가 가늘어졌다.

위이이이이이이잉.

그의 미간에 푸른 빛살이 튀어나오더니, 눈동자의 형태를 이루었다.

수라마안.

적이 없음에도 수라마안이 형성된다는 것, 지금 남장후가 상당히 화가 났다는 의미였다.

남장후는 송곳니를 드러내며 속삭이듯 말했다.

"놈들은 나를 상대로 이런 수작을 부렸다. 더불어 감히 나를 제거하겠다며 이곳 창리현까지 몰려왔다. 언젠가 누군가 이런 짓을 할 줄 알았지. 한 번은 필요하기도 했고."

괴겁마령이 남장후와 비슷한 흉폭한 미소를 머금었다.

"오늘 이후로 창리현에 관한 소문이 좀 험악하게 날 겁니다. 그래도 괜찮겠습니까, 형님?"

남장후가 말했다.

"어머니께서만 모르시면 된다."

"알겠습니다. 시작하지요."

"해 떨어질 때까지 정리하자."

지금껏 침묵하고 있던 이 자리의 막내 천살마령이 입을 열었다.

"그런데 형님. 그 이복순이라는 아이는 어떻게 합니까?"

그 순간 남장후가 한숨을 쉬었다. 동시에 괴겁마령과 혈우마령, 월야마령이 천살마령을 쏘아보았다.

천살마령은 자라처럼 목을 숨기며, 변명하듯 말했다.

"그게 더 큰 문제 아닙니까?"

그러자 괴겁마령과 혈우마령, 월야마령이 옳다는 듯 동시에 고개를 끄덕였다.

남장후가 착 목소리를 깔아 말했다.

"그만 놀리고, 시작들 하지?"

네 명의 교주는 동시에 고개를 숙였고, 검게 물들어 그림자가 되더니, 땅바닥으로 스며들었다.

지금껏 입을 쩍 벌린 채, 자신의 눈앞에서 벌어지고 있는 괴상한 광경을 지켜보고만 있던 홍예주가 그제야 목소리를 내었다.

"뭐죠?"

남장후가 말했다.

"살려 달라지 않았느냐."

홍예주는 눈만 껌뻑였다.

뭐가 뭔지 모르겠다.

대체 저들은 누구고, 뭘 하겠다는 걸까?

지금 그녀가 물을 수 있는 건 한 가지뿐이었다.

"전, 산건가요?"

남장후가 고개를 끄덕였다.

"그래."

그의 입매가 비틀어진다.

"그 대신 이제부터 죽을 짓을 한 놈들이 죽겠지."

그러며 남장후는 창리현의 남쪽으로 고개를 돌렸다.

시선을 멀리 두니, 작게나마 백운산이 보인다.

몰려드는 먹구름은 어느 새, 백운산의 근처까지 이르러 있었다.

곧 먹구름은 백운산 위의 하늘을 채우고 빗물을 잔뜩 쏟아 내리라.

다행이라면 다행이지 싶다.

"바닥을 채운 핏물을 금세 씻겨버릴 테니까."

그러며 남장후는 백운산을 향해 걸음을 옮겼다.

두둑, 두둑.

빗방울이 떨어져 내린다.

삼태천 세 사람은 너나 할 것 없이 고개를 들어올렸다.

푸르기만 하던 하늘이 회백색의 먹구름으로 가득하다.

삼태천 중 취선이 호로병에 든 술을 한 모금 삼킨 후 말했다.

"한차례 제대로 쏟아지겠는데?"

광불이 말을 받았다.

"그렇겠구만. 뭐, 지나가는 비인 듯하니, 그리 오래 머물진 않을 게야. 보아하니 해떨어질 쯤이면 그치겠구먼."

유공이 같은 생각이라는 듯 고개를 끄덕였다.

"대신 밤하늘은 제법 맑겠어. 별이 만발할 터이니, 오랜만에 은하수를 볼 수 있을지도 모르겠구먼."

취선이 다시 술 한 모금을 축인 후 말했다.

"우리 내기나 할까?"

광불이 물었다.

"뭔 내기?"

"은하수를 볼 수 있을지, 없을지. 나는 볼 수 없다는 쪽에 걸지."

광불이 고개를 돌려 그를 노려보았다.

"뭔 말을 하고 싶은 게냐, 이 말코야."

"우리 중 한 놈 정도는 그래도 살아남아서 은하수가 있있는지 없었는지를 보고 좀 오자는 게지."

광불이 콧방귀를 뀌었다.

"유치하게시리. 뭘 더 미련이 있다고. 우리 나이가 몇이 냐? 살만큼 살았잖느냐."

"넌 그러냐? 난 안 그래. 술이 이렇게 많이 남았는데, 남기고 가는 건 아깝지."

유공이 끼어들었다.

"당신이 지금껏 마셔댄 술이 더 아깝소."

취선이 호로병을 쥔 손을 쭉 내밀었다. 그리고 눈을 얇게 여미며 호로병을 노려본다.

"이 못된 술이라는 놈을 내가 다 마셔 없애고 가야 되는 데……."

광불과 유공은 한심하다는 듯 고개를 내저었다.

세 사람이 갑자기 표정을 지웠다.

사방에서 느껴지는 인기척 때문이었다.

잠시 후, 청의무복을 입고 새하얀 검을 착용한 무인 수십 명이 모습을 드러냈다.

천외비문의 문도들, 비문전인이었다.

그들은 일제히 삼태천을 향해 포권을 취했다.

"봉공님들을 뵙습니다!"

"봉공님들을 뵙습니다!"

마치 한 사람처럼 일사분란한 동작이었다.

그럼에도 뭐가 마음에 안 드는지, 삼태천은 일제히 눈살을 찌푸렸다.

취선이 그들을 손가락질하며 말했다.

"아주 소문을 내라. 천외비문이 여기에 왔다고 말이야. 그 옷은 뭐고, 그 검은 뭐냐?"

비문전인 중 대표로 여겨지는 중년의 사내가 한 걸음 나서며 대답했다.

"청협의(靑俠衣)와 백정검(白正劍)은 본문의 역사이며 상징이니, 본문의 사명을 건 이 대사에 필시 지참해야 할 것이다,라는 명이 있었습니다."

삼태천이 한숨을 쉬었다.

유공이 물었다.

"대체 그런 멍청한 명령을 누가 내렸소?"

비문전인의 대표가 바로 답했다.

"지문주(地門主)님이십니다."

삼태천은 그럴 줄 알았다는 듯한 표정을 하며 고개를 주억거렸다.

광불이 물었다.

"그래. 지문주께서는 언제 도착하신다는가?"

"늦어도 두 시진 안에 이르실 겁니다."

유공이 한숨을 쉬었다.

"답답하구나, 답답해. 미리 와서 준비한다고 해도 부족

할 터인데, 딱 시간을 맞추어 도착하신다니."

취선이 혀를 찼다.

"또 그 자존심이 상한 게지."

유공이 비문전인의 대표를 향해 짜증을 담아 물었다.

"지문주께서는 그들이 수라천마를 천종서열 이 위로 정했음을 듣지 못하셨다는가?"

비문전인 대표는 이번만은 바로 답하지 못하고, 입만 우물거렸다. 하지만 삼태천이 매서운 눈빛에 어쩔 수 없다는 듯 입을 열었다.

"인정치 못하신다고 하셨답니다."

삼태천이 동시에 한숨을 쉬었다.

그들은 천외비문의 봉공이기는 했지만, 최근 이 권위적이며 폐쇄적인 분위기를 받아들일 수가 없었다.

천외비문이기에 그렇다지만, 천외비문이기에 그래서는 안 되었다.

답답하기만 할 뿐이다.

최근 삼십여 년 사이 천외비문은 너무나 오만해져 버렸다.

자신들이 만들어낸 전설과 신화에 도취해서, 눈앞에 현실을 보지 못하는 듯하다.

유공이 속삭였다.

"천외비문이 어떻게 되려는지……."

광불이 위로하듯 말했다.

"천문주께서 쾌차하시면 모두 제자리를 찾겠지."

취선이 물었다.

"천문주께서 잘 못되신다면?"

광불은 시름어린 한숨으로 대답을 대신했다.

그러자 유공이 목소리를 높여 말했다.

"되었다. 눈앞에 강적을 놓아두고, 나중의 일을 걱정할 수는 없는 일이지. 나머지는 남은 사람들이 알아서 하겠지. 그런데 자네들이 전부인가?"

비문전인 대표가 고개를 끄덕였다.

"저희 비문일대 만으로 충분하리라 하셨습니다."

유공은 더는 참을 수 없는지 외치듯 말했다.

"누가 그래, 누가!"

비문전인 대표가 기어들어가는 목소리로 대꾸했다.

"지문주님께서……."

유공은 하늘을 올려다보았다.

내리는 비의 줄기가 점점 굵어지고 있었다.

차라리 더 거셌으면 했다.

이 답답한 속을 시원하게 쓸어주었으면 싶기에…….

"오늘 일, 쉽지가 않겠어."

유공이 그렇게 중얼거리자, 취선이 술을 한 모금 들이킨 후 그의 어깨를 두들겼다.

"되었네. 우리가 해내면 되네. 한 번 해봤으니, 두 번은 못할까."

광불이 크게 고개를 끄덕였다.

"그렇지. 수라천마, 그를 죽인 건 우리야. 되살아났다면 또 죽이면 그뿐이지."

유공은 힘없이 고개를 끄덕였다.

그들은 아직도 믿고 있었다.

자신들이라면 과거 황산에서처럼 수라천마 장후를 죽음에 몰아칠 수 있다고.

그들은 믿지 않았다.

과거 황산에서 있었던 일은 수라천마 장후가 은거를 하기 위해 그들을 이용한 것에 불과함을.

그들은 믿고 싶었다.

목숨을 건다면, 과거 황산에서보다 나은 맺음을 지을 수 있으리라고.

삼태천 역시 천외비문의 지문주, 그리고 인문주와 다르지 않았다.

그들 또한 수라천마 장후라는 사람을 잘 못 판단하기는 마찬가지였으니까.

사실 그들 역시도 수라천마 장후가 천종서열 이 위에 합당한 실력을 갖추고 있다고 믿지 않았다.

아무리 높이 잡아도 팔에서 구 위, 낮으면 이십 위 이내라고 여기고 있었다.

그저 그들 내부에서 뭔가 사정이 있어서, 평가기준이 어긋났을 것이다라고 여겼을 뿐이었다.

그렇기에 아직도 자신들이 수라천마 장후를 제거할 수 있다고 믿고 있는 것이었다.

유공이 엄숙하게 표정을 바꾸어 비문전인을 향해 말했다.

"자, 준비들 하자. 해가 떨어질 쯤, 홍예주라는 아이가 수라천마 장후의 은거지에서 자결을 할 것이다. 그러면 비영대주(秘影隊主)가 분노한 수라천마를 여기까지 유인해 올 것이다. 그가 도착하면 우리는……."

그때였다.

툭.

공중에서 빗줄기 사이로 커다란 덩어리 하나가 뚝 떨어진다.

우박일까?

그렇다고 여기기엔 너무 컸다.

모두가 입을 다물고 떨어진 덩어리를 살펴보았다.

그건 사람의 머리통이었다.

삼태천의 눈이 커졌고, 그들 중 유공이 외치듯 말했다.

"비영대주!"

머리통은 홍예주가 비대인이라고 알던, 하지만 천외비

문에서는 비영대주라고 불리던 사내의 용모와 똑같았다.

어디선가 목소리가 울린다.

"거참. 어르신들, 소꿉장난을 하는 것도 아니고 이게 뭡니까? 유치해서 상대해주기도 그렇습니다."

광불이 외쳤다.

"누구냐!"

"절 잊으셨습니까? 오대마령 중 둘째, 혈우마령이올시다. 오랜 만입니다, 어르신."

취선이 외쳤다.

"이 놈, 이게 무슨 짓이냐! 당장 나오지 못할까?"

그때였다.

삼태천은 동시에 왼쪽으로 고개를 돌렸다.

그곳에 검은 그림자 하나가 보였다.

유공이 속삭이듯 말했다.

"수라천마?"

그림자에게서 느껴지는 엄청난 위압감에 삼태천조차도 긴장한 듯했다.

검은 그림자의 입 부위가 찢어지며 새하얀 치아를 드러낸다.

"어르신들, 저희 형님께서는 지금 연애문제로 좀 바쁘셔서 제가 대신 왔습니다. 괜찮으시죠?"

취선이 침을 꿀꺽 삼킨 후 말했다.

천마재생

"누구냐, 너는?"

씨익.

그림자가 웃는다.

"어르신들, 실망스럽습니다. 저 괴겁마령을 못 알아보신다니, 이거 참 서운하네요."

삼태천이 놀라 눈을 휘둥그레졌다.

"괴겁마령?"

"네가?"

"흐으음. 그럴 리가."

저 그림자가 괴겁마령이라고?

그럴 리 없었다.

저 그림자가 뿜어내는 기파는 과거 수라천마를 능가하지 않던가.

그림자, 괴겁마령이 말했다.

"아시오? 그들이 천종서열을 갱신했음을."

그 순간 삼태천의 눈이 찢어질 듯 벌어졌다.

유공이 믿을 수 없다는 듯 말했다.

"그, 그들의 존재를 알아?"

취선이 다그치듯 물었다.

"네가 어떻게 그들의 존재를 알지?"

괴겁마령의 미소가 짙어진다.

"오히려 당신들보다 잘 알걸? 그럼 그것도 모르시겠군.

이번에 갱신된 당신들의 서열을."

삼태천은 입을 다물고 침만 꿀꺽 삼켰다.

천외비문에서 그들이 이번에 갱신한 천종서열 중에서 알아낼 수 있었던 건, 수라천마 장후의 서열뿐이었다.

그 정도가 그들의 숙적이라고 자부하는 천외비문의 정보력으로써도 한계였다.

그런데 괴겁마령은 갱신된 천종서열을 모두 알아냈다는 듯하지 않은가.

삼태천으로서는 믿을 수가 없었다.

하지만 그들이 믿던 말던 괴겁마령은 낭독하듯 말했다.

"유공, 팔십이 위. 취선, 팔십구 위. 광불, 구십삼 위."

삼태천은 동시에 외쳤다.

"같잖은 소리!"

"거짓부렁마라!"

"가당찮다!"

하지만 괴겁마령은 그들의 외침을 무시하며, 이어 말했다.

"그리고 나, 괴겁마령은……."

그의 새하얀 미소가 더욱 짙어진다.

"천종서열 십이 위."

삼태천은 고개를 절레절레 저었다.

천종서열 십이 위라니.

당금의 무인 중에서 그 정도로 고위서열에 오를만한 인물은 수라천마 장후 밖에 없었다.

하지만 지금 괴겁마령이 뿜어내는 기파는 분명 그 정도 고위서열만이 가능한 수준이었다.

대체 뭐가 어떻게 된 걸까?

스르르르.

괴겁마령이 미끄러지듯 그들을 향해 밀려들었다.

"아셨소, 당신들이 얼마나 눈과 귀를 닫고 살았는지를?"

그러며 다시 웃는다.

"그럼, 이제 죽여 드리리다."

쉬이이이익!

괴겁마령은 검은 장막이 되어 삼태천을 덮어갔다.

괴겁마령과 삼태천의 혈투가 벌어지는 현장에서 삼십여 장 쯤 떨어진 나무의 가지 위, 세 개의 그림자가 열매처럼 맺힌다.

혈우마령과 월야마령, 그리고 천살마령이었다.

그들 중 혈우마령은 신들린 듯 삼태천을 밀어붙이는 괴겁마령을 바라보며 말했다.

"둘째형님께서 화가 많이 나셨구만."

천살마령이 아무것도 모른다는 듯 눈을 꿈뻑거렸다.

"왜요? 천종서열 십이 위면 엄청 대단한 거 아닙니까?

전 백 위 안에도 못 들었다고요."

그러며 귀엽게 입을 삐쭉 내민다.

월야마령이 그의 머리를 쓰다듬으며 말했다.

"이 녀석아. 나도 겨우 백 위 안에 턱걸이 했어. 너나 나나 마찬가지야. 안 그렇습니까, 이십삼 위 형님?"

혈우마령은 쓴웃음을 지었다.

"그들이 날 이십삼 위로 놓았다는 게, 부러우냐? 난, 스스로가 한심하구나. 그나저나 둘째형님께서 너무 화가 나셨는데?"

천살마령이 물었다.

"왜요? 십 위 밖이라서요?"

혈우마령이 고개를 저었다.

"아니. 그보다는 십 위 안에 그 녀석의 이름이 턱하니 있으니까 그러신 거겠지."

월야마령이 동감이라는 듯 고개를 끄덕였다.

"그렇겠죠. 저도 깜짝 놀랐습니다. 그 녀석이 십 위 안이라니. 허허. 큰 형님께서는 아셨을까요?"

혈우마령이 피식 웃었다.

"모르시겠냐?"

월야마령과 천살마령이 비슷한 미소를 머금고 고개를 끄덕였다.

그렇다.

큰 형님께서 모르는 건 없지.

남부인이 이복순을 며느릿감 후보로 정한 것을 제외하고는……

천살마령이 물었다.

"그나저나 큰 형님께서는 왜 이렇게 늦으시죠?"

월야마령이 대꾸했다.

"손님을 맞으러 가셨겠지."

"손님이요?"

혈우마령이 눈살을 찌푸렸다.

"시끄럽다. 그만 떠들고 우리도 좀 놀자. 둘째 형님만 신나셨구나."

그러며 혈우마령은 비문전인들을 향해 몸을 날렸다. 월야마령이 거의 동시에 뻗어나갔고, 천살마령은 투덜거리며 종종 걸음으로 달려갔다.

우르르르릉.

빗발은 더욱 굵어져 마치 장막처럼 변했고, 번개가 땅을 내리찍었다.

과거 황산과 비슷한 날씨와 풍경이었다.

하지만 결과만은 과거 황산과 전혀 다를 듯했다.

第九十五章.

괴겁삼재(壞劫三災)

第九十五章.

괴겁삼재(壞劫三災)

뚜벅, 뚜벅, 뚜벅, 뚜벅.

한 사내가 걷고 있다.

사내는 평범했다.

세상 어디에 간다고 해도 엽전 닷푼이면 살 수 있는 황토색 마의를 입고, 딱 평균이다 싶을 정도의 적당한 키에, 마르지도 그렇다고 뚱뚱하다 할 수도 없는 보통의 체격을 지녔다.

용모 또한 그랬다.

크지도 않고 작지도 않는 눈과 높지도 않고 낮지도 않은 콧대.

그리고 두껍지도, 얇지도 않은 입술.

131

어디서나 볼 수 있는 인상이다.

외모에서 엿볼 수 있는 나이 역시 그랬다.

삼십대 초중반 정도나 되었을까?

많다고도 할 수 없고, 그렇다고 적다고도 할 수 없는 어중간한 나이이다.

하지만 사내는 사람들의 눈길을 끌었다.

사내가 옆을 지나칠 때면, 주변에 있던 사람들은 일제히 걸음을 멈추고 사내가 멀어질 때까지 눈으로 쫓았다.

어째서일까?

그건 아무도 몰랐다.

그저 기분이 이상했기 때문이었다.

그 기분을 뭐라고 설명해야 할까?

땅이 사내의 쪽으로 기운 것 같다고 하면, 알아들을까?

마치 그런 듯했다.

사내가 걷는 방식에 남다른 점이 있는 것도 아니었다. 그저 체구에 알맞은 적당한 보폭으로 발을 내딛을 뿐이었다.

굳이 다르다는 점이 찾아내라면, 자로 잰 것처럼 보폭이 일정하다는 것 정도였다.

'대체 누구지?'

아무도 몰랐다.

사내는 어디서나 볼 수 있을 만큼 평범했지만, 최소한 창리현 안에서는 지금껏 그 누구도 본 적이 없는 사람이었다.

　사내는 창리현의 북쪽에서 나타났다. 그리고 남쪽을 향해 걸어갔다. 목적지가 정해져 있다는 듯 잠시도 멈추지 않았다.

　사내가 창리현의 중심지인 창항대로에 이르렀을 때엔 남쪽에서부터 밀려온 먹구름도 도착하여 빗물을 거칠게 쏟아냈고, 창항대로를 가득 채운 소상인들은 가판대를 치우고 제 집이나 근처 건물로 피해버렸다.

　덕분에 창리현에서 가장 폭이 넓은 길인 창항대로는 사내를 제외하고는 아무도 보이지 않았다.

　사내는 당연하다는 듯했다. 본래 자신의 방문을 위해 비워놓았다는 듯이 넓은 대로의 중앙으로 계속 걸어갔다.

　그렇게 사내는 거침없이 창항대로를 지나쳐 창리현 남쪽에 끝도 없이 깔린 평야의 초입에 이르렀고, 그제야 처음으로 발을 멈췄다.

　그리고 고개를 돌려 왼쪽에 있는 커다란 나무를 바라보았다.

　그늘 밑, 자그마한 정좌가 있는데, 그 안에 이십대 초중반 정도로 보이는 남녀 한 쌍이 앉아있었다.

　남장후와 홍예주였다.

　사내의 눈동자는 남장후에게 머문 채 떠나지 않았다.

133

반면 남장후는 사내의 시선을 느끼지 못하는지, 그저 멀리 평야 저편에 윤곽만이 흐릿하게 보이는 백운산만을 바라보고 있을 뿐이었다.

어느 순간 남장후의 입이 벌어졌다.

"천외비문은 대대로 세 명의 문주에 의해 다스려진다더군."

내리는 비가 만들어내는 안개와 그 저편으로 보이는 풍광에 흥이 돋아 시문이라도 읊조리는 걸까?

그렇다고 여기기에는 말의 내용이 어색했다.

"천지인. 천도(天道)와 지용(地用), 인화(人和). 천도는 나아갈 길을 정하고, 지용은 정한 길을 걸으며, 인화는 목적지까지 모두를 이끈다. 천지인 삼문주의 역할을 그렇게 나누었다고 하더군. 맞나?"

사내의 입이 처음으로 벌어졌다.

"그랬었다고 하더군."

남장후가 다시 낭독하듯 말했다.

"하지만 지금은 아니라더군. 천도가 보이지 않으니, 지용이 날뛰고, 인화는 깨어졌구나. 맞나?"

"그건 금시초문이군. 누가 그러던가?"

"죽은 녀석들이."

그러며 남장후는 씩 하고 웃었다.

사내는 가볍게 고개를 끄덕였다.

"잘 죽었군. 아니, 잘 죽였다고 해야 하나?"

그러며 남장후 쪽으로 걸음을 옮겼다.

그러자 남장후의 곁에서 말없이 지켜보고만 있던 홍예주의 눈이 커졌다.

"어?"

괴이하게도 사내는 단 몇 걸음을 내딛은 것만 같은데, 어느새 그는 남장후의 앞에 서 있었다.

더구나 쏟아지는 비를 맞으며 서 있었는데, 그의 머리와 옷은 물방울 하나 맺혀 있지 않았다.

이상한 일이다.

하지만 남장후는 당연하다는 듯 했고, 사내 또한 본래 그렇다는 듯 자연스러웠다.

사내가 말했다.

"당신인가?"

남장후는 고개를 끄덕였다.

사내가 말했다.

"내가 누군지 아는가?"

남장후는 다시 고개를 끄덕였다.

"알지. 천외비문을 다스리는 천지인 삼문주 중 지문주."

사내, 지문주가 눈을 지그시 감았다.

"그렇군. 다 알고 있었군. 역시 봉공들은 실패했어."

남장후가 피식 웃었다.

"실패하지 않았어. 단지 실패하는 중일뿐이야."

지문주가 번쩍 눈을 떴다.

"그들은 너무 안일했어. 그딴 조잡한 계획으로 당신을 제거할 수 있을 거라 믿었다니."

남장후의 미소가 짙어졌다.

"아니지. 처음은 조잡하지 않았지. 천하 각지를 뒤져서 내 아내와 닮은 여인을 팔백 마흔 네 명을 찾았고, 그 중에서 선별하여 일흔두 명으로 추렸으며, 팔 년 동안 그 여인들이 인식할 수 없을 만큼 조심스레 훈육하였고, 그 과정 중에 세 명으로 다시 줄였지. 그 중 가장 닮은 여인 한 명을 선택했다."

갑자기 남장후가 홍예주 쪽으로 시선을 돌렸다.

"네 얘기야."

"네? 무슨 말씀이시죠?"

"듣고도 몰라? 넌 너도 모르게 총 팔백 마흔 네 명 중에서 선택된 거야."

"제가요? 선택되었다고요?"

"그래. 내 앞에서 죽기 위해."

남장후는 그녀에게서 눈을 떼고 다시 지문주를 돌아보았다.

"못 알아듣잖아. 당신이 설명 좀 해주지?"

지문주의 입이 벌어졌다.

"조잡했다. 한심했어. 그게 전부야."

남장후가 고개를 저었다.

"아니. 조잡하지 않았어. 한심하지도 않았고. 너희가 의도한 대로 이 아이가 내 앞에서 죽었다면, 난 무척 화가 났을 거야. 널 보는 순간, 뼈부터 발라냈겠지."

지문주가 고개를 저었다.

"아니. 그럴 수 없어. 네겐 그럴 능력이 없어."

남장후가 코웃음 쳤다. 그런 후 뭔가를 읽고 낭독하듯 말했다.

"지문주 황무결(黃無缺). 고금제일검이라 칭송받는 칠백년 전 천하제일고수 사의검신(死義劍神)의 후예. 사의십팔예(死義十八藝)를 대성하여, 과거 사의검신을 능가할 정도의 실력을 가졌다지."

지문주 황무결이 짧은 탄성을 뱉었다.

"듣던 대로 아는 게 많군."

그가 사의검신의 후예라는 건, 천외비문에서도 몇 사람 알지 못하는 비밀이었다.

그런데 어째서, 어떻게 그 비밀을 알고 있는 걸까?

신기할 지경이었다.

그 사이에도 남장후의 낭독은 이어졌다.

"와병중인 천문주를 대신하여, 천외비문을 이끌고 있음. 강성이며, 패도적. 덕분에 최근 그들에게 많이 당했다지?"

처음으로 황무결의 눈매가 일그러졌다.

"그들?"

설마 그들의 존재도 아는가?

그럴 리 없었다.

그저 어디선가 단서 몇 개 정도를 주워듣고서 떠보는 거겠지.

하지만 남장후의 이어진 한 마디에 황무결은 더는 무심함을 가장할 수가 없었다.

"네 천종서열이 아마, 팔 위였던가?"

황무결이 혀를 내둘렀다.

"아는 게 정말 많군."

남장후는 그의 감탄사를 듣지 못했다는 듯 계속 말을 이어갔다.

"정확히 말하면, 천외비문의 지문주의 서열은 언제나 팔 위였다더군. 더 올라가지도, 내려가지도 않은 채 그 자리에 고정된 것처럼 말이야."

황무결이 말했다.

"고위로 갈수록 천종서열의 순위는 변하는 법이 없지."

"아나? 그들이 요 며칠 전, 천종서열을 갱신했다더군."

남장후의 말에 황무결은 고개를 내둘렀다.

"어쩌면 우리보다 더 잘 아는 지도 모르겠어. 들었다. 상당히 많이 바뀐 모양이더군. 오류도 많은 듯하고."

남장후가 고개를 끄덕였다.

"동감이야. 오류가 제법 있어. 하지만 대략 맞더군."

"그것도 들었다. 네 서열이 이 위라지? 믿나? 자랑스러운가?"

남장후는 피식 웃으며 고개를 내저었다.

"그럴 리가. 그들이 나를 품평한다니. 우습지. 그나저나 창피하지 않은가 보네. 아직 모르나?"

황무결이 눈을 좁혔다.

"내가 무엇을 창피할까?"

남장후가 소리없이 웃었다.

"역시 몰랐군. 이번에 갱신된 네 천종서열, 많이 떨어졌더군."

"뭐? 떨어졌다고?"

그럴 리가 없다.

천지인 삼문주의 서열은 불변이다.

황무결은 자신이 역대 지문주 중에서 빼어나다고 자부하지는 않았지만, 그렇다고 해서 떨어진다고도 여기지 않았다.

거짓말일 것이다.

하지만 수라천마 장후는 거짓을 말하지 않는다지 않던가.

황무결은 궁금함을 참을 수 없어 물었다.

"몇 위이지?"

"십사 위."

두두두두두두두두.

지진이라도 난 걸까?

땅이 흔들린다.

하늘이 비명을 지른다.

떨어지는 빗물이 거슬러 올랐고, 땅은 갈라져 속을 드러냈다.

그렇게 황무결을 중심으로 모든 게 일그러지고 있었다.

황무결이 속삭이듯 말했다.

"듣던 바와는 다르군. 거짓말을 잘 해."

남장후가 코웃음 쳤다.

"고인 물은 썩기 마련이지. 너희 천외비문은 지난 백년 동안 너무 안일했어. 물론 너희는 도태된 건 아니야. 너희도 나름 많은 노력을 했고, 세력을 유지하기 위해 안간힘을 썼다는 걸 잘 알지. 하지만 말이야. 세상은 격변해. 너희가 우물물처럼 고여 있는 동안, 이곳 세상은 격랑 쳤어. 강한 자만이 살아남았고, 살아남은 자는 강해졌지. 천년의 역사를 자랑하는 신비문파, 천외비문을 저 아래로 끌어내리고 올라설 수 있을 만치 말이야. 너희는 이제 세상을 구원해주는 게 아니라, 구원을 받아야 할 입장이라는 거지."

"이제 그만하라. 네 놈의 망발을 더는 용납지 않겠다."

"그들이 갱신한 천종서열에 따르면, 네 위로만 세 명이다. 현 강호무림의 인물이."

황무결이 사납게 얼굴을 구기며 외쳤다.

"여기까지로 하자! 이제 죽어라, 마두야!"

남장후는 가소롭다는 듯 팔짱을 끼었다.

"몇 마디만 더 하지. 내가 정한 천종서열에 너는 몇 위인줄 알려줄까? 십구 위야. 뭐, 이십 위 안이니 그리 나쁘진 않지?"

황무결은 아무 말도 않고 그저 천천히 양손을 들어올렸다.

위이이이이이잉.

그들이 서 있는 정자에 그늘이 되어주던 거대한 나무가 쩍쩍 소리를 내며 갈라지기 시작했다.

길쭉하게 갈라진 나무의 파편은 사람의 팔만한 길이만한 몽둥이 수백 개로 나뉘더니, 파이고 갈라져 검의 형상을 이루었다.

그렇게 거대한 나무는 잠시 사이 수백 개의 목검으로 변했고, 그 목검들은 공중에 둥둥 뜬 채, 날카로운 끝을 남장후 쪽으로 겨냥했다.

남장후가 자신을 겨냥한 수백 개의 목검을 관람하듯 스윽 둘러 보았다.

"이게 사의검신을 고금제일검으로 만들어준 사의검해(死義劍海)인가보군."

그러자 황무결이 외치듯 말했다.

"유언치고 덧없구나! 그럼 잘 가시게!"

휙.

황무결이 두 손을 남장후 쪽으로 뻗었다.

그러자, 수백 개의 검이 강물처럼 흐르며 남장후를 향해 날았다.

그 순간 홍예주는 눈을 찔끔 감으며 뾰족하게 외쳤다.

"안 돼!"

눈을 뜰 수가 없었다.

눈을 뜨면 남장후 대신 수백 개의 목검에 의해 찔리고 갈라진 살조각만이 볼 수 있을 것만 같았다.

그때였다.

"어떻게?"

황무결의 목소리.

당황한 기색이 역력하다.

그 목소리에 은근한 기대감이 들어 홍예주의 눈이 천천히 벌어졌다.

수백 개의 목검은 여전히 공중에 떠 있었다.

대신 조금 전과는 달리, 그 날카로운 끝을 남장후가 아닌, 황무결 쪽으로 겨냥해 있었다.

남장후가 천천히 손을 들어올린다.

그러자 수백 개의 목검은 주인의 명령을 기다리는 종복

마냥 열과 오를 맞췄다.

황무결이 외쳤다.

"어떻게!"

남장후가 피식 웃었다.

"설명해주면 알까? 고작 십구 위 따위가."

†

괴겁(壞劫).

세상이 멸망해 가는 기간을 뜻하는 말이다.

이 얼마나 소름끼치는 조어(造語)인가.

멸망한 것이 아니라, 멸망해가기까지의 시간이라니.

공포와 슬픔이 가득할 것이다.

두려움과 비통한 울음이 넘쳐날 것이다.

그 기간은 사람이 막연히 그리는 지옥이라는 곳보다 더욱 참혹하고 괴로운 광경이 펼쳐지리라.

괴겁.

누가 만든 말인지 모르지만, 불리기 어려운, 아니 불려서는 안 될 말이다.

그런데, 언젠가부터 강호무림에는 이름 대신 괴겁이라는 두 글자로 불리는 사내가 있었다.

오륜마교의 첫째교주 괴겁마령, 바로 그였다.

143

어째서일까?

그는 과묵하다.

그는 신중하며, 조심스럽다.

그는 마도인답지 않게 균형을 중시하며, 사리에 어긋남이 없다.

때문에 정파인들을 그를 두고, 오륜마교에서 유일하게 대화가 통하는 사람이라고 호평할 정도였다.

그런데 어째서 그에게 왜 괴겁이라는 무시무시한 별호가 붙은 걸까?

그가 화를 내기 때문이었다.

괴겁마령은 신중하며 차분한 사람이라는 평답게 항시 평정심을 유지하지만, 이따금 더는 참을 수 없을 정도에 이르면 화를 낸다.

그때의 그는 재앙만 같다.

아니, 재앙이다.

수라천마를 재앙이라고 부르게 만든 일화 중의 일부는 사실 괴겁마령의 짓이었으니까.

만약 수라천마가 없었다면?

괴겁마령이 그를 대신하여 집마맹을 무너트렸을지 모른다.

또한 천마라는 칭호는 괴겁마령의 것이었을지도 모른다.

하지만 수라천마가 존재하기에, 그리고 그를 형님이라 부르며 따르기에, 그는 그림자가 되었고 자신을 숨기며 살았다.

이따금 화를 낼 때를 제외하고는.

오늘처럼 말이다.

"언젠가 큰 형님께서 말씀하셨지. 둘째가 화를 내면, 나도 좀 께름칙하다고 말이야."

오륜마교의 둘째 교주 혈우마령은 그렇게 말하며 손에 잡힌 비문전인의 머리를 호로병의 마개를 열듯이 비틀어 뽑아냈다.

머리를 따라 꼬리처럼 척추가 빠져나온다.

머리와 척추를 잃은 몸통은 허물어지며, 목으로 핏물을 뿜었다.

평범한 사람이 본다면 바로 토악질을 할 정도로 흉측한 광경이었다.

하지만 월야마령과 천살마령은 눈 한 번 깜짝하지 않았다. 최근이야 드물지만, 한 때는 매일 보았던 풍경이었기 때문이었다.

그가 지나친 자리에는 피의 비가 내린다.

그렇기에 그에게 혈우(血雨)라는 두 글자가 이름대신 붙게 되었다.

145

월야마령이 유령처럼 공중을 배회하여 비문전인 하나를 조각낸 후, 혈우마령의 옆으로 내려섰다.

"큰 형님께서요? 하기야 그럴 만하죠. 솔직히 둘째형님이 화가 나시면 저희도 어쩌는 건 아닌가 싶을 정도로 겁이 나지 않습니까."

혈우마령은 동감이라는 듯 고개를 끄덕인 후, 마침 달려들고 있던 비문전인 하나를 맡겨 놓은 물건을 찾는다는 듯 가볍게 낚아채더니, 잡초를 뽑아낸다는 듯이 머리를 붙잡고 비틀어 뽑았다.

너무나 쉽다.

죽은 비문전인의 실력이 보잘 것 없어서는 아니었다.

이 자리에 있는 비문전인들은 천외비문 내에서도 정예라고 할 만한 수준의 고수로, 최하급무사라고 해도 일류라는 소리를 어렵지 않게 들을 실력자였다.

다만 혈우마령이 너무나 강한 것이다.

고양이의 손톱이 아무리 날카로워도 곰의 피부를 가를 수는 없다. 반면 곰의 이빨이 아무리 뭉툭하다 하여도 고양이의 작고 얇은 몸통을 찢어버리기에는 충분하다.

비문전인은 손톱이 날카로운 고양이고, 혈우마령은 이빨이 뭉툭해진 곰이었다.

혈우마령은 아직 반노환동을 하기 이전의 실력을 되찾지는 못했다.

과거의 실력을 열이라고 하면, 지금은 아홉 정도라고 해야 할까?

"마음에 들지 않는군. 과거의 내가 닿을 듯 말 듯 한데, 닿지가 않네."

혈우마령은 그렇게 중얼거리며, 손가락을 꼼지락거렸다.

듣는 월야마령은 그의 말이 마음에 들지 않는지 콧방귀를 뀌었다.

"형님, 저를 보고도 그런 말씀이 나오십니까?"

혈우마령이 미안한지 어색히 웃으며 머리를 긁적였다.

"미안하구나."

"되었습니다. 그나저나 둘째형님은 대단하시네요."

월야마령이 감탄어린 표정으로 하는 말에, 혈우마령은 고개를 끄덕였다.

"그래. 대단하구나. 과거를 넘어서, 한 걸음 더 나아가시다니."

"예전의 큰 형님을 보는 듯합니다."

혈우마령이 가볍게 고개를 끄덕였다. 그러며 괴겁마령과 삼태천의 치열한 대결의 현장 쪽으로 시선을 두었다.

괴겁마령의 모습은 어디에도 보이지 않았다.

대신 칠흑색의 실, 수천가닥이 삼태천의 사이를 휘돌고 있을 뿐이었다.

그것이 바로 괴겁마령이 변한 모습이었고, 유공괴겁령(遺空壞劫靈)이라고 괴겁마령 만의 독문무공이기도 했다.

삼태천은 전대제일의 고수답게 차분하면서도 묵직한 동작으로 유공괴겁령을 상대했다.

그들의 대결은 괴겁마령이 구사하는 유공괴겁령이라는 신묘한 무공으로 인해 기괴하기는 했지만, 화려하지는 않았다.

대신 최소한 절정 이상의 경지에 이른 고수가 아니라면 알아볼 수 없을 정도로 현묘했고, 깊었다.

그렇기에 누가 우위를 차지하고 있는지는 몇 사람을 제외하고는 알아보지 못했다.

그 몇 사람 중 혈우마령과 월야마령은 당연히 포함되어 있었다.

물론 이제 열 살 정도나 되었을까 싶을 정도의 앳된 외모를 한 천살마령도 마찬가지였다.

퍼퍼퍼퍽!

비문전인 한 명이 포탄에 맞은 것처럼 산산이 흩어진다.

그 사이로 자그마한 동체가 빠져 나와, 혈우마령과 월야마령의 옆에 내렸다.

천살마령이었다.

천살마령은 피에 물들고, 살점이 더덕더덕 붙은 얼굴을

가볍게 닦아내며 환하게 웃었다.

"형님들, 오랜 만에 재밌지 않습니까?"

월야마령은 눈살을 찌푸렸다.

"누가 천살성의 기운을 타고난 놈 아니랄까봐……. 신이 났구나, 아주. 쯧쯧쯧."

천살성의 기운을 타고난 이들이 종종 나타나는데, 그럴 때마다 혈겁이 벌어진다.

천살마령이 바로 천살성의 기운을 타고난 사람이었다.

다만, 그의 의형제들이 그를 능가할 정도로 흉폭한 탓에 잘 드러나지 않았을 뿐이었다.

천살마령을 귀엽게 입술을 삐쭉 내밀었다.

"만날 나만 가지고 그럽니까? 이제 한 열댓 녀석 남은 것 같네요. 형님들께서는 노십시오. 다 내 차지입니다."

그러며 장난감을 빼앗길까봐 무서운 아이처럼 눈을 크게 뜨고 눈치를 보았다.

월야마령은 귀엽기도 하고, 어이없기도 해서 실소를 터트렸다.

"그래, 전부 너 해라."

천살마령은 배시시 웃으며, 즐겁다며 제자리에서 통통 뛰었다.

그러다 갑자기 삼태천 쪽으로 고개를 돌리더니, 걱정스럽다는 듯이 눈꼬리를 아래로 내렸다.

천
마
재
생

"그런데 아무래도 도와야 하는 거 아닙니까? 둘째 형님이 밀리는 것 같은데요."

월야마령 역시 같은 생각인지, 혈우마령 쪽으로 고개를 돌렸다.

분명 삼태천은 전대 제일고수라고 불리기에 어색하지 않을 정도의 실력자였다.

그러니 이제 절정의 말미에 이른 월야마령이나, 천살마령으로써는 저 대결에 끼어들 수가 없었다.

끼어들어 봤자 괴겁마령에게 방해만 될 뿐이니까.

오직 절대의 경지까지 실력을 회복한 혈우마령이 저 대결에 끼어들어 괴겁마령과 손발을 맞출 수 있었다.

하지만 혈우마령은 조금도 그럴 생각이 없다는 듯 팔짱을 끼었다. 그러며 천살마령에게 되물었다.

"다섯째야. 너, 날 죽이고 싶으냐?"

천살마령은 눈을 껌뻑였다.

"네? 그게 무슨 말씀이십니까?"

"저기 끼었다가 무슨 봉변을 당하라고."

그러며 피식 웃었다.

"하기야, 너희에겐 아직 보이지 않겠지. 둘째형님께서는 제대로 화가 나셨다. 때문에 한 푼도 숨기지 않고 모조리 본신의 힘을 드러내시려는 모양이야. 그러니 잘 못 끼어들었다간 나도 죽어."

"네? 셋째형님께서도 요?"

"알지. 형님께서는 화가 나면 보이는 게 없다."

그러더니, 갑자기 혈우마령이 눈을 빛냈다.

"시작하시려나 보다."

월야마령과 천살마령이 빠르게 고개를 돌려, 괴겁마령과 삼태천이 싸우고 있는 곳을 바라보았다.

위이이이이이잉.

수천 개, 아니 수만 가닥정도 되지 않을까 싶은 칠흑색 실, 유공괴겁령이 엮이기 시작했다.

그렇게 천이 되어가고 있었다.

천은 다시 엮이고 붙어서, 마치 사람과 같은 형상으로 변해가고 있었다.

그 순간 혈우마령이 낮게 목소리를 깔아 말했다.

"괴겁삼재(壞劫三災)."

월야마령이 속삭였다.

"결국 이루셨구나."

천살마령이 히쭉 웃었다.

"재앙을 보겠군요."

그렇다.

이제 곧 재앙이 닥치리라.

수라천마 장후가 아닌, 괴겁마령이라는 이름의 재앙이!

　　　　　　　　　　　　†

　괴겁의 기간 중에는 세 종류의 재난이 잇따른다고 전해
진다.

　겁화(劫火), 겁수(劫水), 겁풍(劫風).

　대삼재(大三災)라고 불리는 재앙은 존재하는 모든 것을
궤멸시켜 결국에는 세상을 아무것도 존재하지 않는, 공
(空)으로 만들어버린다고 전해진다.

　그와 흡사하게 유공괴겁령은 극성에 이르면 세 가지 능
력을 지닌다.

　과거 괴겁마령은 그 중 하나 만을 겨우 다룰 수가 있었
다.

　하지만 과거의 실력을 넘어서 한 단계 위로 올라선 지
금, 그는 그 세 가지 능력을 모두 구사할 수 있게 되었다.

　"처음이야."

　괴겁마령은 그렇게 말했다.

　아니, 괴겁마령과 흡사한 외모를 가진 검은색의 헝겊인
형은 그렇게 말했다.

　헝겊으로 만든 인형이라고 말할 수밖에 없었다.

　외양은 괴겁마령과 거의 흡사했지만, 눈과 코, 입이 있
는 자리는 구멍만이 뚫려 있었다.

　표면에는 제대로 엮이지 않은 검은 실이 지렁이가 꿈틀

거리듯이 나풀거렸다.

괴상하고 섬뜩했다.

어째서 본래의 모습으로 돌아오지 않고, 저런 괴상한 형태로 변한 걸까?

마주 선 삼태천은 그 이유를 대략이나마 짐작할 수는 있었다.

저 헝겊인형과 같은 형태 안에서 느껴지는 응축된 힘의 크기가 말해주는 듯했다.

당장이라도 터질 것처럼 꿈틀거리는 화산을 보는 듯했다.

닥치는 모든 것을 쓸어버리겠다며 장벽처럼 높이 일어선 해일 같기도 했다.

때문에 삼태천의 낯빛은 어두워졌다.

유공이 속삭이듯 말했다.

"이 녀석이 이 정도였나?"

광불이 부르르 떨며 중얼거렸다.

"천문주를 처음 뵈었을 때가 떠오르는 구만."

취선은 믿을 수 없다는 듯 고개를 천천히 저었다.

"내가 취해서 헛것이 보이는 건 아니지?"

유공이 한숨을 내쉬었다.

"그랬으면 좋겠소."

그들을 지켜보고 있던 괴겁마령이 다시 말했다.

"처음이외다, 괴겁삼재를 모두 구사하는 것은."

광불이 외쳤다.

"그렇다면 처음이자 마지막이겠군! 하아아압!"

우렁찬 기합을 지르며, 광불이 두 발의 간격을 벌리고 무릎을 반쯤 굽혔다.

그리고 두 손을 주먹 쥐고 팔꿈치를 굽혀 허리 정도의 위치에 놓았다.

그 자세는 광불이 자신의 최강절기인 백보신권을 준비하고 있음을 의미했다.

그러자 취선이 두 손을 양 옆으로 쭉 폈다.

그리고 천천히 왼손은 하늘로 향해 올리고 오른손을 땅을 향해 내렸다.

그의 최강절학인 십단금을 발현할 준비를 하는 것이었다.

동시에 유공 역시 천천히 공중에 떠올랐다.

휘이이이잉.

상쾌한 바람이 그의 주변을 맴돌며, 휘몰아쳤다.

그 역시도 자신의 성명절기인 선풍만리행을 준비하고 있음이다.

그들에게 반응하듯 구멍만이 뚫려 있는 괴겁마령의 눈과 코, 입에서 뭔가가 꿈틀거렸다.

그것들의 가짓수는 셋.

첫 번째는 하얗고, 두 번째는 빨갛고, 세 번째는 파랗다.

그것들은 마치 우리에 갇힌 투견처럼 꿈틀거리며 뚫려 있는 괴겁마령의 눈과 코, 입 너머로 삼태천을 노려보았다.

당장에 문이 열리면 달려들어 물어뜯겠다는 듯이 흉폭한 기운을 마구 뿜어낸다.

"뭣들 하는가? 나 먼저."

삼태천 중 유공이 바람이 되어 괴겁마령에게 뻗어나갔다.

동시에 괴겁마령의 목소리가 메아리처럼 울렸다.

"소개하지. 괴겁삼재 중 첫 번째, 겁풍망(劫風?)을."

괴겁마령의 눈과 코, 입이 찢어질 듯 벌어지며, 하나의 커다란 구멍이 되었다.

그러자 기다렸다는 듯이 괴겁마령의 안에 갇혀 있던 세 가지 괴물 중 하나가 쏟아지듯 튀어나왔다.

†

괴겁마령의 눈과 코, 입이 늘어나며 붙어버려 하나의 커다란 구멍이 되는 순간, 그건 우리에서 풀려난 맹수처럼 튀어 나왔다.

겁풍망!

괴겁마령을 수라천마 장후를 능가하는 공포의 대명사로
불리도록 만든 괴수!

그것이 거의 삼십 년 만에 모습을 드러내고 있었다.

위이이이잉.

튀어나온 겁풍망은 커다란 구렁이의 형상을 하고 있었다.

새하얗다.

그리고 뽀얗다.

그건 마치 막 내려온 눈이 자연스레 붙어서 뱀의 형상으
로 이루어진 듯했다.

이제 막 태어난 아이처럼 순수하고, 그 누구도 밟아본
적 없는 처녀지처럼 신비롭고 아름답다.

그렇기에 한 번 만져보고 싶다는 기분을 자아냈다.

겁풍망은 마치 구렁이가 탈피하는 듯이 자신의 새하얀
껍질을 벗어내며 나아갔고, 벗어버린 껍질은 겁풍망의 꼬
리 끝으로 스며들어 사라졌다.

마치 자신이 벗어버린 껍질을 먹고 나아갈 힘을 얻는 듯
하다.

대체 이 겁풍망이라는 건 뭘까?

이리저리 살펴보아도 무공이라고 여겨지지가 않았다.

기괴하고 신기하기는 하지만, 어디까지나 스스로의 의
지로 살아가는 생명체로 보였다.

겁풍망이 스르르 유공을 향해 나아간다.

바람을 모아서 옷 인양 입은 듯이 나풀거리며 공중에서 휘돌고 있던 유공은 피하지 않고 마주 튀어나갔다.

그가 휘두른 바람이 돌개바람처럼 휘돌며 앞서 뻗어나 간다.

이것이 바로 선풍만리행!

그를 한때 무공 천하제일이라는 자리에 올려놓은 절대 무공이었다.

마주 날아오는 유공을 향해 겁풍망이 아가리를 벌렸다.

쩌어어어어어어어어억!

아가리는 계속 늘어나 유공을 송두리째 삼켜버리기에 충분할 정도로 벌어졌다.

유공은 무시하며, 겁풍망의 아가리 안으로 스며들었다.

퍼퍼퍼퍼퍼퍼퍽!

부서지고 터질 때 나는 소리가 연거푸 울렸고, 잠시 후 유공이 겁풍망의 꼬리를 뚫고 빠져 나왔다.

거의 삼십 년 전, 세상을 공포로 물들였던 겁풍망을 단 숨에 부숴 버리다니.

삼태천 중에서도 제일인자라고 일컬어지는 고수다운 신 위였다.

유공은 잠시도 망설이지 않고 돌개바람이 되어, 그대로 검은 실로 엮어 만든 헝겊인형과 같은 괴겁마령을 향해 날 아갔다.

눈을 절반쯤 감을 만한 순간 만에 그는 괴겁마령의 코앞에 이르렀고, 겁풍망에게 그랬던 것처럼 당장에 괴겁마령을 뚫어버릴 듯했다.

그때였다.

유공의 뒤에서 새하얀 바람이 밀려와 그를 집어삼킨다.

덥썩.

새하얀 바람 속에 갇혀버린 유공은 마구 몸부림쳤다.

그가 움직일 때마다, 돌개바람이 튀어나와 자신을 가둔 새하얀 바람의 감옥을 뚫어버리려 했지만, 오히려 동화될 뿐이었다.

마치 유공이 쏟아내는 바람을 먹어치우는 듯했다.

괴겁마령의 목소리가 사방에서 울려 퍼진다.

"유공. 당신이 바람을 이해하여 얻었다면, 겁풍망은 바람 그 자체이지. 당신이 선풍이라면, 겁풍망은 태풍이겠지. 바람은 시작이 없고 끝이 없으니, 그저 맴돌 뿐이다. 유공, 당신은 겁풍망 안에서 그저 바람이 되시오. 바람을 얻은 당신에게 가장 어울리는 최후일 것이오. 그리 고마워할 필요는 없소."

그 사이에도 유공은 겁풍망을 벗어나기 위해 몸부림쳤다. 하지만 겁풍망은 그를 놓아주지 않았다.

오히려 그의 몸을 스치며 가르고 찢으며, 그를 분해하고 있었다.

검풍망의 안이 유공이 흘린 피로 붉게 물들고 있었다.

그때, 취선이 움직였다.

"하아아압!"

오른손은 하늘, 왼손은 땅.

오른손은 극양지력, 왼손은 극음지기.

두 개의 상반된 힘을 머금은 그의 두 손이 착 달라붙는다.

콰콰콰콰콰콰콰쾅!

달라붙은 그의 손바닥 사이에서 수십 개의 화포를 일시에 터트리는 듯이 날카롭고 커다란 굉음이 터져 나왔다.

상반된 두 힘이 하나가 되려 하는 걸까?

아니다.

오히려 그 반대이다.

굉음은 그의 두 손에 깃든 힘은 서로를 밀어내고 무너트리며 없애기 위해 광분하기에 나오는 소리였다.

그럼으로써 두 힘은 서로에게 무너지고 부서져, 결국 공(空)이 된다.

그렇게 모든 것이 사라진 취선의 두 손바닥 사이, 순간적으로 파탄이 일어난다.

그것은 가진 게 아무것도 없기에 빼앗으려는 탐욕이며, 모든 것을 가진 세상에 대한 질투이며, 분노이다.

그건 정리된 세상을 무너트리는 파괴의 힘!

그것이 바로 무당이 만든, 아니 발견한 역천지력, 십단
금이었다.

번쩍!

취선의 손바닥 사이에서 튀어나간 십단금이 마치 비단
의 물결처럼 뻗어나갔다.

단숨에 유공을 가둔 겁풍망을 갈라버린다.

유공은 그대로 바닥에 떨어졌고, 산산이 흩어진 겁풍망
의 파편은 하얀 실과 같은 아지랑이가 되어 이리저리 떠돌
았다.

"괜찮은가?"

취선이 외치자, 유공은 그저 고개만 저었다.

"아니."

취선은 크게 고개를 끄덕였다.

"그 정도면 괜찮구만."

광불이 이어 말했다.

"죽는 것보다야 낫지."

유공은 일어나지 못하고, 눈동자에만 힘을 주어 그들을
쏘아보았다.

그 사이, 산산이 흩어져 아지랑이가 되었던 겁풍망은 다
시 하나로 뭉쳐서 새하얗고 거대한 구렁이와 같은 형태가
되어 있었다.

취선은 겁풍망이 아닌, 괴겁마령을 노려보며 말했다.

"창피하지만, 어쩔 수 없겠지? 함께 하세. 뭘 맡겠나?"

자신이 들으라고 한 말인지 바로 알아들은 광불이 대꾸했다.

"자네가 저 검은 헝겊덩어리를 맡게. 내가 저 뱀을 맡겠네."

"그러지."

그러자 유공이 비틀비틀 일어나며 말했다.

"난······."

취선이 빠르게 말했다.

"자네는 구경이나 하게."

그때였다.

괴겁마령의 몸이 꿈틀거린다.

이어 그의 목소리가 천지사방에서 흘러 나왔다.

"그러니까 당신들이 안 되는 거야."

취선이 눈을 꿈틀거렸다.

"제법 강해졌기로서니, 오만함이 하늘을 찌르는구나."

괴겁마령의 웃음소리가 사방에서 튀어 나왔다.

"하하하하하하핫! 오만해? 내가? 하하하하하하핫! 우습구나, 실로 우스워. 오만한건 내가 아니라, 당신들이야."

"왜 눈앞의 현실을 보지 않는가? 언제까지 과거 속에서 살 텐가? 아니, 과거 속에서 살다가 죽을 텐가? 그렇다면 왜 내 앞에 선 것인가?"

161

괴겁마령이 마구 꿈틀거린다.

서걱, 서걱, 서걱, 서걱.

헝겊인형 같은 그의 몸 이곳저곳이 갈라지기 시작했다.

그 사이로 새빨간 불꽃이 기둥처럼 뻗어 나왔다.

화를 참을 수 없다는 듯하다.

괴겁마령의 목소리가 울린다.

"큰 형님께서 그들의 존재를 말하시며, 더불어 당신들 천외비문이 존재하는 이유가 바로 그들에 대적하기 위함이라 하셨을 때, 나는 여쭈었다오. 당신들 천외비문과 손을 잡는 것이 어떻겠느냐고. 적의 적은 동료일 수도 있고 근본은 다르더라도 목적은 같으니, 제안을 하는 편이 어떻겠습니까? 라고."

취선은 말없이 오른손을 하늘로, 왼손은 땅으로 내렸다.

다시 십단금을 발현하기 위해 준비를 하는 듯했다.

광불 역시도 주먹에 하얀 빛의 무리가 어리고 있었다.

곧 백보신권을 뿜어내겠다고 말하는 듯만 하다.

하지만 괴겁마령은 보이지 않는지, 계속 말을 이어갔다.

"그때 큰 형님께서는 비웃으시더군. 천외비문은 개이다."

그 순간 광불과 취선의 눈매가 꿈틀거렸다.

감히 천외비문을 개라고 하다니!

격장지계라고 하지만, 기분이 언짢은 건 어쩔 수가 없었다.

괴겁마령의 목소리가 울린다.

"어째서냐, 물으시니 이리 말씀하시더구료. 천외비문은 그들과 대적한 것이 아니다. 그들에게 길들여졌을 뿐이다. 태생은 늑대였으되, 목줄이 채워져 그 안에서만 살았다. 그러니, 이제 목줄이 사라졌는데에도 목줄이 닿던 거리만이 세상의 전부라고 할 뿐이지."

삼태천 모두가 이를 악 물었다.

화는 나지만, 틀린 말은 아니기 때문이었다.

그 사이에도 괴겁마령의 말은 이어졌다.

"천외비문은 그들의 적이 아니라, 주구나 다름없다. 두고 보려무나. 천외비문은 나를 제거하기 위해 찾아올 것이다. 저들 스스로만 납득할 어처구니없는 이유를 들고, 나를 제거하는 것이 바로 협의이며 대의라고 떠들어 대겠지."

딱 그랬다.

어디서 수라천마 장후가 보고 있지나 않았을까하는 의심이 들 정도이다.

"천외비문은 협의를 모른다. 대의가 무엇인지도 모른다. 그저 시끄럽게 떠들어대는 사냥개에 불과하다. 놈들은 사냥감을 앞에 두고도 짖기만 할 뿐, 먹어치우지 못한다. 그게 그들이 천외비문에게 씌어버린 굴레이다. 그러니, 천외비문은 치워버리는 게 낫다. 네 눈으로 직접 보면 알 것

이다. 그리 말씀하시었소. 그리고 난 당신들을 보고 있소
이다. 그리고 언제나 그렇듯 큰 형님의 말씀은 한 치도 어
긋남이 없음을 다시 깨닫고 있소."

괴겁마령의 안에서 울컥울컥, 용암이 흘러나왔다.

그건 바닥을 불태우며 넓게 퍼지더니, 서서히 위로 솟구
쳐 올랐다.

동시에 표면 위로 수십 개의 눈동자가 떠오른다.

"괴겁삼재 중 두 번째, 겁화낭군(劫火狼群)."

콰아아아아아앙!

자그마한 화산처럼 봉우리가 열리며, 그 안에서 화염을
마구 분출했다.

아니, 불로 이루어진 늑대무리였다.

그것들은 마구 튀어나와 취선과 광불을 향해 달려 나갔
다.

크아아아아아아아!

쩍 벌린 아가리에서는 군침처럼 불꽃이 질질 흘러나온다.

그 순간 광불이 주먹을 내질렀다.

새하얀 빛의 기둥이 그의 주먹에서 튀어나와 불로 이루
어진 늑대떼를 향해 뻗어나갔다.

소림의 전설적인 절대무공 백보신권!

새하얀 빛의 기둥에 닿은 늑대는 터지며, 사방으로 흩어
졌다.

하지만 바로 다시 뭉쳐 늑대와 같은 형상으로 돌아오더니, 다시 광불을 향해 달려 나갔다.

새하얀 빛의 기둥은 이리저리 방향을 바꾸어 다가오는 늑대들을 가르고 부쉈지만, 소용없었다.

부서지면 바로 다시 생성되어 달려들고 있었으니.

보다 못한 취선이 십단금을 발현하기 위해 손바닥을 붙였다.

그때, 공중에 떠있던 겁풍망이 그를 향해 뻗어나갔다.

결국 십단금의 역천지력은 불로 이루어진 늑대무리가 아닌, 겁풍망을 향해 튀어 나갔다.

서걱!

십단금에 직격당한 겁풍망은 조금 전처럼 수천 개의 아지랑이로 나뉘어졌지만, 다시 뭉치고 있었다.

그 사이 수백 마리로 불어난 불의 늑대가 취선과 광불을 덮쳤다.

"으아아아아아아악!"

"으으으으윽!"

취선과 광불은 비명을 지르며, 마구 장력을 뿜었다.

늑대가 스친 자리마다 불꽃이 피어올랐다.

의복의 천은 타올라 검은 연기되어 사라졌고, 그 안의 피부는 흉측하게 일그러졌다.

뒤로 물러나봤자, 더는 갈 곳도 없었다.

이미 수백 마리로 불어난 불의 늑대들이 그들을 뒤까지 막아 버렸기 때문이었다.

늑대떼는 결국 취선과 광불을 자신들의 안에 묻어버렸다.

"안 돼!"

유공이 외치며, 공중에 떠올랐다.

남은 힘을 모두 모아 선풍만리행을 구사하려 오랜 지우들을 도우려 함이었다.

하지만, 그는 반장의 거리조차 나아가지 못했다.

어느새 겁풍망이 나타나, 그를 삼켜버렸기 때문이었다.

괴겁마령의 목소리가 울린다.

"큰 형님께서는 이런 상황이 오면, 전하라 하셨다. '짖어라, 개들아. 빌어라, 쓰레기들아. 그렇다면 살려줄 수도 있다. 너희를 가둔 그 쓸모없는 허울을 벗어라. 그렇다면 살려주마. 뿐만아니라, 너희에게 다시 늑대가 될 수 있는 기회를 주겠다.' 라고. 하지만……."

괴겁마령의 입매가 비틀린다.

"난 싫어."

그러자 불의 늑대들이 기쁘다는 듯 울부짖었고, 바람의 뱀은 흉폭한 괴성을 질러댔다.

그 모습이 기꺼운지 괴겁마령의 미소는 더욱 짙어졌다.

그때였다.

"둘째 형님, 수고하셨습니다."

혈우마령이 어느새 괴겁마령의 옆에 나타나 그렇게 말했다.

괴겁마령은 그를 향해 스르르 고개를 돌렸다.

눈코입이 있어야할 자리에 구멍만이 있는 그 모습이 혈우마령으로서도 섬뜩한지 목을 살짝 숨겼다.

"무섭소, 형님."

"넌 뭐지?"

감정 없는 목소리.

섬뜩하기만 하다.

"접니다, 저요. 저 혈우입니다."

괴겁마령은 말이 없었다. 대신 그의 눈과 코 입의 형상을 한 구멍 속에서 새파란 뭔가가 힐끔거린다.

괴겁삼재 중 마지막 하나가 자신이 나갈 차례가 되었다며, 기뻐하는 듯하다.

혈우마령이 외쳤다.

"둘째 형님! 저 혈우입니다! 저라고요, 저!"

"그런데?"

혈우마령은 어쩔 수 없다는 듯 한숨을 푹 내쉬었다. 그리고 말했다.

"큰 형님께서 말하셨지 않습니까? 또 정신 못 차리면 아예 머리를 부숴버리겠다고."

그제야 괴겁마령의 입이 벌어졌다.

"너 혈우구나."

동시에 괴겁마령 안에서 나가기만을 기다리며 새파란 광기어린 빛살을 뿜어내던 놈이 실망했는지, 잠잠히 가라앉았다.

혈우마령은 다행이라는 듯 한숨을 길게 내쉬며 말했다.

"어쩌실 겁니까? 큰 형님께서는 되도록 살려두라고 하시지 않았습니까?"

그러며 턱 끝으로 삼태천 쪽을 가리켰다.

괴겁마령이 말했다.

"걱정 말아라. 죽이진 않을 거야."

뒤이어 씨익 웃는다.

"하지만 살려두지도 않을 것이야."

혈우마령은 어쩔 수 없다는 듯 고개를 절레절레 흔들었다.

NEO ORIENTAL FANTASY STORY

第九十六章.

가장 잘 하는 일

第九十六章.

가장 잘 하는 일

빗발이 가늘어지고 있다.

남장후는 고개를 들어올렸다. 몰려든 먹구름이 창리현을 지나쳐, 멀리 북쪽을 향해 떠나려는 모양이었다.

시간을 재어 본다.

비가 그칠 때면 해가 저물어 있을 듯싶었다.

'어머니께 해가 저물기 전에 들어오겠다고 했는데……'

아무래도 약속했던 시간을 조금 넘길 것 같다.

'걱정하시겠어.'

하늘을 향했던 남장후의 시선이 남쪽 평야 너머로 보이는 백운산으로 옮겨갔다.

'저쪽은 이제 마무리가 된 모양이군.'

171

상당히 떨어져 있지만, 알 수 있었다.

둘째인 괴겁마령이 괴겁삼재를 거두어들이는 게 느껴졌다.

'겁수는 사용하지도 못했구만.'

우습다.

예전의 삼태천은 대단했다.

무공 천하제일이라는 칭호에 조금도 부족함이 없는 이들이었다.

하지만 지금의 삼태천은 알맹이는 사라지고 이름만 남은 껍데기에 불과하다.

지난 세월동안 그들은 너무나 무뎌졌다.

무딘 도끼는 갈대를 자를 수 없는 것과 다르지 않다.

그들은 날카로운 도끼였지만, 녹슬었고 때문에 잘라낼 수 있는 힘을 잃었을 뿐이다.

그러니 그들이 평화로운 시간 중에도 치열하게 살아온 괴겁마령의 상대가 될 리가 없었다.

'괴겁이 제대로 컸어.'

흐뭇하다.

현 강호무림에 괴겁마령의 상대가 될 만한 녀석은 오직 둘 뿐이다. 그 둘 역시 승패가 아니라 오직 생사만을 두고 다툰다면 열 중 아홉은 괴겁마령 홀로 서 있을 터였다.

'하지만 너무 날카로워.'

너무 날카롭기에 단단함이 부족하다.

그렇기에 괴겁마령은 그 두 놈과 열 번 싸우면 한 번은 질 수도 있는 여지가 남아있는 것이다.

그건 시간이 해결해 줄 수 있는 문제가 아니다.

누군가가 두들겨야 한다.

단단해지도록.

하지만 부서지지만은 않도록 조심해서.

그런데 감히 현 강호무림에서 세 손가락 안에 드는 괴겁마령을 그토록 거칠고도 세심하게 연마할 수 있는 사람이 있을까?

있나.

오직 한 명.

그가 형님이라 부르는 유일한 사람이…….

'하여간 손이 많이 가는 녀석이야.'

생각과는 달리, 남장후의 입가에는 훈훈한 미소만이 어렸다.

그때였다.

"ㅇㅇㅇㅇㅇㅇㅇㅇ."

누군가의 신음소리에 남장후는 표정을 지우고, 고개를 내렸다.

그의 오른 발밑, 사람 하나가 깔려 있었다.

천외비문의 지문주 황무결이었다.

173

그의 손등과 팔뚝, 그리고 허벅지와 발목, 옆구리와 가슴에는 목검이 꽂혀 있었다.

손잡이만 살짝 남아있는 것이 황무결의 몸을 관통하여 바닥까지 파고든 모양이었다.

목검에 꽂힌 부위마다 핏물이 솟구쳐 나온다.

때문에 그의 전신은 새빨갛게 물들어 있었다. 내리는 비도 그의 몸을 적신 핏물을 씻겨낼 수 없는 모양이었다.

그는 고개를 들어 올린 채 핏발이 선 눈으로 남장후를 노려보고 있었다.

남장후가 그런 그를 가엽다는 듯 친근함이 느껴지는 부드러운 목소리로 속삭였다.

"아픈가?"

황무결은 대꾸치 않았다. 대신 부러질 정도로 이를 악물었다.

그러자 남장후가 빙긋 웃었다.

"그렇지? 안 아프지?"

쉬익!

어디선가 목검이 빛살처럼 날아와 황무결의 왼쪽 옆구리에 꽂혔다.

핏물이 하늘 높이 솟구친다.

동시에 황무결의 입이 쩍 벌어졌다.

"허억!"

눈동자의 검은자위가 위로 올라가며 백태를 그린다.

그 고통스러운 모습을 지켜보는 남장후의 미소가 짙어졌다. 그러며 부드럽게 속삭였다.

"괜찮아?"

마치 부모가 자식을 걱정하는 듯하다.

황무결은 다시 이를 악 물고, 부들부들 떨며 남장후를 죽일 듯이 노려보았다.

움직일 수 있다면, 당장에 달려들어 목을 물어뜯기라고 할 것만 같았다.

"늑대같구나."

남장후의 속삭임처럼 황무결은 늑대의 얼굴을 하고 있었다.

"처음부터 그러지 그랬느냐? 그랬다면 지금보다야 덜 비참했을 것을."

황무결이 으르렁거렸다.

"죽여라."

남장후가 송곳니를 드러냈다.

"개소리구나. 짖어대는 구나. 역시 네 놈은 늑대가 아니라 개였어. 죽여라? 우습구나. 죽음이란 패배이다. 결코 밀려나서는 안 될 낭떠러지이야. 한 푼 가치도 없는 네 알량한 자존심을 지키고자 덮어쓸 구원의 동아줄이 아니야. 네게 죽음이 쉬울 수 있는 건, 네가 그만큼 쉽게 살았다는 증거이다. 네가 그만큼 편히 살았다는 증거야."

남장후는 지그시 오른 발에 힘을 주어, 황무결의 얼굴을
땅바닥 속에 파묻었다.

그리고 이어 말했다.

"가르쳐주마. 한 무리의 주인이라는 자는 사는 방법을.
한 무리의 주인된 자는 패하되, 패배해서는 아니 된다. 마
지막까지 살아남아야 한다. 무슨 일이 있더라도 천수를 누
려야만 한다. 네 수하, 네 가족 모두를 희생시켜서라도 살
아야 한다. 적에게 빌어서라도, 울며 매달려서라도 너의
목숨을 지켜야 한다. 그럼으로써 너의 수하와 너의 가족이
무엇을 위해 희생했는지, 그리고 어찌 살았는지를 너의 삶
을 통해 알려야 한다. 그게 진정한 용기이다. 그러한 삶이
야말로 값진 승리이다. 너희 천외비문의 천년역사는 그렇
게 이루어졌다. 너희의 천적인 그들이 알고, 새로운 적인
내가 안다. 또한 인정한다. 그런데 너희 문파의 역사는 인
정할지언정, 네 놈은 인정할 수가 없구나."

남장후는 황무결의 머리에 올려둔 오른 발을 들어올렸다.

그러자 황무결은 기다렸다는 듯 번쩍 상체를 일으켰다.

그가 바닥에 달라붙어 있던 이유는 그의 몸을 뚫고 바닥
에 꽂혀 있던 십여 개의 목검이 아니라, 바로 남장후의 오
른 발 때문이었다.

몸에 박힌 목검쯤이야 내부의 진기를 휘돌린다면 바로

불태워서 재로 날려버릴 수 있었다. 상처 또한 선천진기를 통해 재생력을 몇 배 활성화시킨다면, 반나절 안에 씻은 듯 회복이 가능했다.

그것이 바로 절대고수가 가진 힘이며, 무서움이다.

하지만 남장후의 오른 발에서 흘러나온 수라마기가 내공의 흐름을 막고 근육을 그물처럼 꽁꽁 묶어버린 탓에 움직일 수가 없었던 것이다.

스윽!

황무결은 사라지더니 십여 장 정도 거리를 두고 나타났다.

그의 전신에 꽂혀 있는 목검이 타오르며 검은 잿가루를 뿜어냈다.

상처는 점점 아물어갔고, 흘러내리는 핏물은 줄어들더니 어느 순간 멎어버렸다.

남장후는 그런 황무결의 변화를 가만히 지켜보고만 있었다.

황무결이 입을 열었다.

"왜지? 날 우롱하는 건가?"

남장후는 고개를 저었다.

"아니. 너 따위를 우롱하여 뭐 한다고. 기분만 더럽지. 가라."

"뭐?"

"보내 줄 때 가거라. 너희 천외비문의 선조는 위대했다. 너희 선조의 공덕을 기려 너를 살려 보내니, 가서 선조들을 모신 제당에 감사하다고 절이나 하거라. 그리고 기다려라. 내가 찾아갈 날을."

그러며 남장후는 파리 쫓듯이 손을 휘휘 저었다.

황무결이 빠드득 이를 갈았다.

"역시 우롱하기 위함이군."

남장후는 짧은 한숨을 쉬었다.

"넌 그만한 가치가 없어. 화가 나느냐? 그렇다면 돌아가서 너희 천문주를 데려와. 아니면 인문주와 함께 오라. 그도 힘들면 천외비문의 문도 전부를 끌고 오던가. 그땐 너의 성의를 봐서 다 죽여줄 테니."

황무결이 주먹을 쥐고 바들바들 떨었다.

남장후가 말했다.

"화가 나는가? 화를 내라. 내가 아닌 네 자신에게. 그리고 부끄러워하라. 네가 너희 천외비문을 망쳤다. 네가 바로 천외비문의 역사를 더럽혔다. 너희 천외비문에게는 너야말로 나나 그들보다 더 악랄한 적이었다. 어찌 보면 넌 참 대단하다할 수도 있겠군. 천외비문을 고작 수십 년 만에 이만큼 약화시킬 수 있다는 건, 정말 대단한 일이야. 그건 나도 못 해."

황무결의 오른손이 올라가 자신의 왼쪽 옆구리 쪽으로

향했다.

그 자리에는 아직 목검 하나가 성한 형태를 유지한 채로 꽂혀 있었다.

그가 내력이 부족하여 불태워 버리지 못한 게 아니라, 선택을 하지 못해 남겨둔 것이었다.

남장후와 다시 싸울지, 아니면 도망칠지를.

황무결은 이끌리듯 검의 손잡이 쪽으로 손을 가져갔다.

그 순간 남장후가 훈계하듯 말했다.

"도망쳐라. 조금 전 가르쳐 주었지 않느냐. 한 무리의 주인이 된 자는 어떻게든 살아남아야 한다. 그것이 책임이고 의무이다. 살려준다고 할 때 가라."

목검의 손잡이를 붙잡기 위해 나아가던 황무결의 손이 멈췄다.

남장후는 말했다.

"그래, 가라. 모욕을 견뎌라. 과거 내 삶은 모욕과 비난, 위기와 함정의 연속이었다. 때로는 비굴하게 빌어 삶을 연명했고, 때로는 수하와 동료를 제물로 넘기고 살아남아야 했다. 하지만 보라. 난 이렇게 이 자리에 서 있다."

황무결은 침을 꿀꺽 삼켰다.

이 순간, 십여 장의 거리를 두고 서 있는 남장후의 존재 감이 키가 마치 백여 장 정도는 되지 않을까 싶을 정도로 크게 느껴졌다.

"이것이 바로 네게 주는 기회다. 비굴하게 살아남아 보아라. 그럼 깨달을 수 있을 것이다. 네가 앞으로 어찌 살아가야 할지를. 다시 비굴해지지 않기 위해서 말이야."

황무결의 오른손이 떨렸다.

어찌해야 할까?

그의 고민은 깊어졌다.

적을 눈앞에 두고 뒤돌아 도망친다?

한 번도 생각해 본 적이 없는 일이었다.

패배는 그저 죽음일 뿐이었다.

그렇게 명백하게 사는 것이 천외비문의 지문주로서의 의무이자 책임이라고 여겼다.

하지만 남장후의 말을 들으니, 마음이 흔들렸다.

옳은 것 같았다.

비굴하더라도 살아남아야 할 것만 같았다.

하지만, 그게 쉽지가 않다.

잠시 후, 황무결의 눈동자가 시린 빛을 발했다.

그 순간 남장후는 그럴 줄 알았다는 듯 입매를 비틀어 비웃음을 머금었다.

"죽는 그 순간까지 부끄러울 것이다, 지금 네가 한 선택을."

번쩍!

황무결이 자신의 옆구리에 꽂혀 있던 목검을 뽑아들고,

그대로 남장후를 향해 날았다.

그가 검을 뻗는 게 아닌, 목검이 그를 매달고 남장후를 향해 날아가는 듯하다.

어검비행(御劍飛行)!

고금을 통틀어도 이룬 이가 열 손가락 안에 헤아린다는 검도의 극치!

황무결은 믿었다.

아무리 남장후라고 하여도 어검비행을 막지는 못하리라.

그렇다면 최소한 약간의 부상은 입힐 수 있을 것이다.

어쩌면 팔 다리 중 하나 정도는 잘라낼 수 있을지도 모른다.

그 정도라면, 이 자리에서 죽어도 될 만한 가치가 있다!

그렇게 판단했고, 결정을 내린 것이다.

하지만 그의 판단은 오만했고, 그의 결정은 그릇되었다.

남장후는 가볍게 오른손을 마주 뻗었고, 그의 손바닥 앞에서 목검은 더 나아가지 못하고 멈췄다.

그러자 황무결은 이를 악물었다.

'조금만! 아주 조금만 더!'

부들부들 떨리며, 목검이 조금씩 앞으로 나아간다.

덕분에 목검의 끝이 남장후의 손바닥에 닿았고, 황무결은 그 감촉은 벼락에 맞은 것처럼 생생히 느낄 수 있었다.

천마재생

황무결은 확신했다.

'되었다!'

둑은 한 번에 무너지지 않는다.

손가락만한 자그마한 구멍이 나고, 그 구멍이 점차 커지고 퍼져 거대한 구덩이를 만들어내고서야 무너진다.

지금이 그런 것이다.

어검비행이 이렇게 굼벵이의 몸짓 같은 속도로나마 나아가기 시작한다는 건, 남장후가 밀리고 있다는 뜻이었다.

어느 순간 단숨에 뻗어나갈 것이고, 그렇다면 최소한 남장후의 오른 팔은 어깨까지 잘라낼 수 있을 것이다.

그때 남장후의 입꼬리가 위로 올라갔다.

"너는 검의 주인이 될 자격을 잃었다."

말을 마치는 동시에 남장후의 오른손이 푸른빛을 뿜었다.

퍼퍼퍼퍼퍼퍼퍼퍼퍽!

황무결의 쥔 목검이 끝부터 터져 나갔다.

아니, 뱀이 허물을 벗듯이 표피를 털어내고 있었다.

검의 끝은 깎여 손잡이의 모양이 되어가고, 황무결이 쥐고 있던 손잡이는 좁아지고 얇아지며 날카로워져 검첨의 형태를 이루었다.

황무결의 손아귀 안에서 핏물이 꽃처럼 피어올랐다.

"ㅇㅇㅇㅇ윽!"

모양새가 가관이었다.

목검의 형태가 변한 탓에 황무결은 남장후를 찌르려는 게 아닌, 검의 날을 굳게 쥔 채, 오히려 자신을 찔러달라며 검의 손잡이를 건네고 있는 모양새가 되어버렸다.

남장후는 오른손을 좁혀 목검의 손잡이를 쥐었다.

"부끄럽지?"

그리고 목검을 힘주어 밀었다.

푹!

목검은 그대로 나아가 황무결의 심장에 꽂혔다.

†

황무결은 크게 눈을 뜨고 심장부위를 내려 보았다.

조금 전까지 자신이 들고 있던 목검이 그 자리에 꽂혀 있다.

아니, 남장후가 수라마기로 깎아서 새로이 만들었으니, 그가 들고 있던 그것이라고 할 수는 없었다.

하지만 빼앗겼다는 생각을 지울 수는 없었다.

목숨을 빼앗긴다.

그건 괜찮다.

검을 든 자, 검에 베여 죽을 각오부터 한다.

하지만 검을 빼앗기다니!

천마재생

검객이 검을 빼앗겼다는 건 목숨을 빼앗긴 것 이상의 충격이며 치욕이다.

검객은 죽는 그 순간까지 검을 놓아서는 아니 된다.

검이란 검객에게 삶 그 자체이니까.

그런데 검을 빼앗겼다.

더불어 목숨까지 빼앗기고 있다.

그는 이 순간 남장후에게 자신의 삶과 목숨을 송두리째 빼앗기고 있는 것이다.

창피하다.

너무나 부끄럽다.

어서 검이 더 다가와 심장을 꿰뚫어버렸으면 좋겠다.

하지만 검은 더 이상 다가오지 않았다.

대신 남장후는 목검을 비틀었다.

끼릭.

황무결의 심장부위가 핏물을 토해냈고, 더불어 얼굴은 붉게 물들었다.

고통과 울분이 솟구친다.

"ㅇㅇㅇㅇㅇㅇㅇ윽!"

남장후가 싱그럽게 웃었다.

"걱정 마. 쉽게 안 죽여. 아직 빼앗을게 많이 남았으니까."

황무결이 짐승이 울부짖듯 외쳤다.

"죽여라! 죽이란 말이다!"

"너무 걱정 마. 죽게는 될 거야. 조금 많이 힘들게 말이야."

그러며 남장후는 눈을 예리하게 좁히며, 목소리를 낮춰 은근하게 속삭였다.

"우리는 그런 짓을 제법 잘하거든."

남장후가 쥔 목검이 황무결의 심장부위에서 빠져 나왔다.

동시에 표면에 거미줄과 같이 균열이 일어나더니, 소리 없이 바스러졌다.

그리고 수천, 수만 개의 가시가 되어 허공중에 머물렀다.

"우선 허수아비가 되어라."

그렇게 말하며 남장후는 손가락을 까딱했다.

그러자 명령을 받았다는 듯 수만 개의 가시가 일제히 황무결을 향해 쏟아졌다.

푸푸푸푸푸푸푸푸푸푹!

가시가 꽂힐 때마다 황무결은 작살에 꿰뚫린 잉어처럼 마구 퍼덕였다.

가시는 황무결의 근육의 사이, 혈도와 혈맥, 그리고 관절의 사이를 빼곡하게 채우고 멈췄다.

이제 황무결이 움직일 수 있는 부위는 오직 눈동자뿐이었다.

천마재생

그는 눈동자가 빠지지 않을까 싶을 정도로 부릅뜨고 남장후를 노려보았다.

하지만 남장후는 용건이 마쳤다는 듯 손을 내렸다. 그리고 고개를 들어 올려 말했다.

"거기, 나와 보아라."

그러자 이제 잦아져서 부슬부슬 내리는 빗물사이로 검은 물 한 방울이 똑 떨어졌다.

물방울은 땅에 닿기 전에 늘어나고 번지더니, 사람의 형태를 이루었다.

사내는 공손히 무릎을 꿇고 차분한 목소리로 말했다.

"풍음사인(風飮四刃)이 주인을 뵙습니다."

풍음사인.

남장후가 지난 오년 동안 준비한 여러 개의 세력 중 하나, 풍음십팔인 중 일인이었다.

풍음십팔인은 잠입과 암살, 적진교란을 위한 수련을 받은 이들로, 과거 흑총마자를 넘어서는 성취를 이루었다.

그들에게 단점이 하나 있다면, 책임자를 총대로 임명한 것뿐이랄까?

남장후가 말했다.

"총대 그 녀석이 너만 놔두고 간 모양이구나."

"네. 남아서 주인님의 시중을 들라하셨습니다. 고맙게도……."

"고맙게도, 라······."

풍음사인은 실수했다 싶은지, 머리를 땅바닥에 찧었다.

"제가 실수를 했습니다. 죄송합니다."

남장후는 고개를 저었다.

"아니다. 총대, 그 녀석이 힘들게 하느냐?"

풍음사인은 남장후의 눈치를 살피다가 살짝 고개를 끄덕였다.

"조금······."

"배속을 바꾸어 주랴?"

풍음사인이 다짐하듯 말했다.

"이겨내겠습니다."

남장후가 흡족하다는 듯 고개를 끄덕였다.

"나쁘지 않구나. 바꾸어 달라 했다면, 수련을 다시 받아야 했을 게야."

그러자 풍음사인이 부르르 떨었다.

만약 남장후가 수련을 다시 받으라 했다면, 그는 당장 혀를 깨물었을 것이다.

그만큼 힘들었고, 괴로웠다.

그토록 고되었기 때문에 수련을 마친 후에는 정면승부가 아니라면 절정의 경지에 이른 고수까지는 죽일 수 있다는 확신할 만큼의 성취를 이루었지만, 그 수련만은 다시 받을 수는 없었다.

천마재생

"긴장의 끈을 놓지 말아라. 아무리 단련하여도 흐트러진 순간을 노린 송곳을 막을 수는 없으니."

남장후의 충고에 풍음사인은 다시 머리로 땅바닥을 찧으며 외쳤다.

"명심하겠습니다!"

남장후는 되었다는 듯, 황무결을 턱끝으로 가리켰다.

"저 녀석을 월야에게 데려가거라."

풍음사인이 물었다.

"무어라 전할까요?"

"그저 던져놓으면 된다. 그럼 알아서 할 거다, 뭐든. 사람 가지고 노는 건, 나보다 그 녀석이 더 잘하니까."

그러며 남장후는 섬뜩한 미소를 그렸다. 하지만 바로 지우고 한마디를 이어 뱉었다.

"가 보거라."

"명을 받듭니다."

풍음사인은 일어나 황무결 쪽으로 뻗어나갔다.

그리고 황무결의 머리카락을 낚아채고 질질 끌며 바람같이 달려 나갔다.

순식간에 점이 되어 사라진다.

그제야 남장후는 몸을 돌렸다.

멀리, 정자가 보인다.

본래 정자의 뒤에는 커다란 나무가 있고, 그 나무의 기둥에서 뻗어 나온 가지와 무성한 잎이 천막처럼 정자를 덮어주었다.

하지만 황무결이 그 나무로 수백 개의 목검을 만들어 버린 까닭에, 지금 정자는 내리는 빗물을 막을 수가 없었다.

덕분에 정자의 안에서 홀로 서 있는 홍예주는 비를 피하지 못해, 물에 빠졌다 나온 것처럼 흠뻑 젖어 있었다.

물에 젖은 옷이 축 늘어져 몸의 굴곡이 고스란히 드러났지만, 그녀는 인지하지 못했다.

그저 얼어붙은 것처럼 남장후를 바라보고만 있었다.

남장후는 걸음을 옮겨 그녀에게로 다가갔다.

남장후가 정자 안으로 들어설 때까지, 그녀는 조금도 움직이지 않았다.

그저 눈동자만으로 남장후를 쫓았다.

남장후는 그녀의 오른쪽 옆에서 멈추더니, 몸을 돌려 남쪽의 평야를 가만히 바라보았다.

홍예주는 가만히 남장후의 옆얼굴만을 바라보고만 있었다.

시간이 흘렀다.

하늘에서 내리는 도중 부서져 안개처럼 변하고 있었다. 그렇게 보슬비 땅바닥에 내려앉으며 속삭이는 소리만이 이 무거운 침묵을 어지럽혔다.

189

홍예주는 차라리 다행이라고 생각했다.

하지만 그녀의 마음을 헤아리지 못하고 점점 더 가늘어지더니, 얼마 지나지 않아 멈추어 버렸다.

정적이 흐른다.

톡, 톡 하며 처마 끝에 맺힌 물방울이 떨어지는 소리만 이따금 들릴 뿐이다.

흐르는 시간이 홍예주에게 남장후에 대한 두려움을 흐릿하게 만들었고, 어느 순간 얼어붙은 듯 굳어있던 그녀의 입술이 스르르 벌어졌다.

"저기요."

남장후가 바로 대꾸했다.

"왜?"

"가장 잘 한다는 일이 그거에요?"

"뭐?"

"사람 때리고 괴롭히고 고문하고, 뭐 그러는 거요."

"그건 내가 가장 못하는 일이고."

"가장 못하는 게 그래요?"

"단지 다른 사람보다는 더 잘하는 것뿐이지."

"아, 그렇군요."

홍예주는 고개를 끄덕였다.

왠지 납득이 간다.

이렇게 대화를 조금 나누니, 두려움이 사라지고 대신 호기심이 일어났다.

홍예주는 가만히 남장후의 옆얼굴을 살폈다. 이렇게 봐서는 손에 물 한 방울 묻히지 않고 살아온 대갓집 귀공자만 같았다.

조금 전 보았던 막연히 상상했던 마귀보다 더한 잔인함은 꿈인 듯싶다.

'대체 정체가 뭘까?'

남장후는 그녀의 시선이 느껴지지 않는지, 그저 멀리 시선을 두고 있었다.

뭔가를 찾는 걸까?

아니면, 저 어디에서 또 다른 사람이 찾아와서 다시 때리고 괴롭히기 위해 기다리기라도 하는 걸까?

홍예주는 남장후의 시선을 쫓아, 고개를 돌렸다.

평야와 비가 남기고간 물안개뿐이었다.

그저 고적하고 평화롭기만 한 풍경이다.

"어?"

서쪽 멀리, 저 끝에서 구름을 밀어내고 붉은 노을이 번지고 있었다.

반면 동쪽 저 멀리에서는 잿빛으로 물들며 수천, 수만 개의 별이 하늘을 수놓았다.

신비롭고 아름다운, 꿈에서나 나올 것만 같이 화려한 광경이었다.

천마재생

홍예주의 입이 쩍 벌어졌다.

"아, 아, 아, 아."

갑자기 그녀의 두 눈에서 물방울이 맺히더니, 줄기가 되어 흘러내렸다.

그녀는 말하고 싶었다.

'다행이다.'

이 광경을 볼 수 있어서 참말 다행이야.

살아서 다행이야.

라고…….

하지만 아무 말도 하지 못했다.

그저 바라보는 건 밖에는, 그로써 가슴에, 그리고 마음에 이 풍경을 담는 것 외에는 아무 것도 할 수가 없었다.

서쪽 지평선으로 내려가는 해가 안타깝다.

조금만 더 머물러 주었으면…….

이 아름다움 속에 나를 조금만 더 남겨 주었으면…….

하지만 그녀의 바람은 닿을 리가 없었고, 해는 결국 서쪽 지평선 아래로 사라졌다.

하지만 홍예주는 실망하지 않았다.

아니, 실망할 새가 없었다.

검게 물든 하늘 위로 나타난 은하수가 그녀에게 또 다른 기쁨을 안겨 주었기 때문이었다.

홍예주는 멍하니 빛이 되어 흐르는 저 은하수라는 강을
바라보다가, 불쑥 입을 열었다.

"살아야겠어."

스스로 말하고도 깜짝 놀랐는지, 그녀의 눈이 커진다.

하지만 바로 부드럽게 풀렸다.

그리고 입매 역시 환한 미소를 그렸다.

그녀는 이번엔 다짐하듯 말했다.

"살아야겠어!"

외쳐본다.

"난, 살아야겠어! 살 거야! 살 거라고! 살고 말거야!"

속이 뚫리는 것 같다.

안에 갇혀 있던 울분과 괴로움, 분노가 모조리 튀어 나
와 저 별의 강을 향해 떠나간다.

홍예주는 더 뱉어낼 것이 없는지 어느 순간 입을 다물었
고, 멍하니 밤하늘을 가로 지르는 은하수만을 바라보았다.

그때였다.

"그럼 이만."

남장후가 그렇게 말하며 걸음을 옮겼다.

홍예주는 깜짝 놀라 외치듯 말했다.

"어? 어디 가⋯⋯세요?"

남장후가 걸음을 멈추고 고개만 돌려 말했다.

"해가 졌지 않나."

"아!"

생각이 났다.

이 남자는 해가 질 때까지만 같이 다니자고 말했었지.

정말 자신의 말을 꼭 지키는 사람인가보다.

남장후는 용건이 없다는 듯 다시 걸음을 내딛었다.

그가 멀어지는 게 안타까워 홍예주는 다시 외쳤다.

"저기요!"

남장후는 다시 걸음을 멈추고 고개만 돌렸다.

"뭐지?"

마치 지금 처음 본 사람처럼 낯설게 군다.

그렇기에 홍예주는 서운하고 화가 났다.

하지만 서운하다고 할 수는 없었다. 더욱이 화를 낼 수
도 없었다.

이 남자는 은인이니까.

이 남자는 정말 너무나 고마운 사람이니까.

홍예주는 뭔가 말을 하고 싶었다. 그래서 이 남자를 옆
에 붙들어 두고 싶었다.

하지만 고맙다는 말조차 할 수가 없었다.

고맙다고 말하면, 그저 고맙다는 정도로 느낄까봐서 였
다.

이 마음을 전하기에는 너무 부족한 말이기에, 그럴 수가
없었다.

남장후가 눈살을 찌푸렸다.

"그럼 이만."

홍예주가 외쳤다.

"저기요!"

"뭐냐니까."

"저기, 저기."

홍예주는 뜬금없이 물었다.

"가장 잘 하는 일이 뭐에요?"

분명 남장후는 그녀에게 가장 잘 하는 일을 하러 가자고
했었다. 그런데 헤어지는 지금까지 그는 가장 잘 하는 일
이 뭐였는지를 얘기조차 해주지 않았다.

대체 뭘까?

홍예주는 대답을 기다렸다. 남장후는 입을 굳게 다물 뿐
아무 말도 해주지 않았다.

이 남자, 거짓말을 안 한다고 했지.

그러니 저렇게 입을 굳게 다물고만 있는 건 말하지 못한
다는 뜻일 거야.

홍예주는 아쉽지만, 캐묻고 싶지는 않았다.

이 남자는 분명 그만한 사정이 있기에 그럴 테니까.

하지만 이건 묻고 싶다.

"그럼 우리는 오늘 당신이 가장 잘 한다는 일을 한 건가
요?"

남장후는 천천히 고개를 끄덕였다.

"그래."

"그 일은 당신이 하고 싶은 일이기도 한 건가요?"

남장후는 다시 고개를 끄덕였다.

그러자 홍예주는 환한 미소를 그렸다.

"좋아요. 그럼 되었어요."

남장후는 그녀를 가만히 바라보았다. 아련하다는 듯, 눈빛이 몽롱해졌다.

이곳이 아닌, 저 어딘가를 바라보는 것만 같았다.

하지만 바로 흑백의 윤곽이 분명해졌고, 남장후는 차갑게 돌아섰다.

그리고 홍예주를 등진 채 계속 걸어 나갔다.

밤하늘을 수놓은 은하수가 어서 오라는 듯 반짝인다.

남장후는 계속 걸음을 옮기다가, 천천히 고개를 들어 하늘을 바라보았다.

은빛의 강 위에 홍예주와 똑같이 생긴 여인의 얼굴을 그려본다.

과거 그녀가 했던 말을 떠올리며…….

"당신이 가장 잘 아는 일이 뭔지 알아요? 바로 절 웃게 하는 거예요."

은하수가 그려낸 그녀의 얼굴이 웃는다.

조금 전의 홍예주와 똑같이.

남장후의 입꼬리가 올라갔다.

가장 잘 하는 일.

그건 그가 언제나 하고 싶던 일이기도 했다.

천마재생

NEO ORIENTAL FANTASY STORY

第九十七章.

추수를 끝냈다

第九十七章.

추수를 끝냈다

비가 그치며, 백운산의 위에도 흐르는 별의 물결이 반짝였다.

우거진 나뭇잎 사이로 비치는 밤하늘의 풍경은 참으로 아름다웠다.

그 어떤 바쁜 일이 있더라도, 걸음을 멈추고 고개를 들어 올린 채 한동안 멍하니 바라보고 있을만한 진귀함이었다.

반짝이는 별 하나마다 추억을 떠올리고, 그날의 기쁨과 쓸쓸함을 지금 다시 엿볼만한 기회라고나 할까?

하지만 황무결은 오직 분노만을 느꼈다.

휘이이이이익!

귀에는 바람소리만 요란하다.

201

눈동자를 제외하고는 조금도 움직일 수도 없기에 풍음사영에게 끌려가고 있는 지금, 그가 볼 수 있는 건 오직 밤하늘뿐이었다.

지금 어디로 향하는지 궁금하지도 않았다.

무슨 짓을 당할지도 상관없었다.

그가 지금 이 순간 바라는 건 오직 하나 뿐이었다.

'죽음.'

죽을 수만 있다면……

이 모욕을, 설욕할 수 없는 이 분노를, 견딜 수 없는 이 절망을 모조리 지워버릴 수만 있다면!

하기에 황무결은 자신을 데리고 가는 풍음사영이 어서 목적지에 도달하기만을 바랐다.

그곳에는 분명 죽음이 기다리고 있을 테니까.

갑자기 황무결의 시야를 가득 채우던 밤하늘이 사라졌다. 대신 한 치 앞도 알아볼 수 없는 어둠이 그의 시야를 덮었다.

동굴과 같이 위가 막힌 곳에 들어선 듯했다.

귓속에 파고들던 날카롭던 바람소리도 잦아들고 있었다. 더불어 깃발처럼 펄럭거리던 그의 다리가 내려가 땅바닥에 닿았다.

풍음사영이 속도를 줄이고 있다는 뜻이었다.

'목적지에 거의 이른 모양이군.'

어둠은 점점 짙어졌다.

그렇게 어둠 속을 헤쳐 나아가는 동안, 상당한 시간이 흘러갔다.

'이각 정도. 이 속도면 거리는 십리 내외.'

황무결은 남장후가 박아 넣은 목검의 파편으로 인해 내력이 막히고, 근육과 관절이 고정되었지만, 그렇다고 감각까지 잃은 건 아니었다.

절대고수의 감각이란 실로 예민하다.

독수리보다 멀리보고, 두더지보다 후각이 예민하며, 개보다 귀가 밝다할 수 있다.

그러니 이렇게 조금도 움직일 수 없는 상황 속에도 어느 방향으로 어디까지 간 건지 알 수 있었다.

'지하.'

분명 백운산 밑으로 내려가고 있는 중일 터였다.

그건 분노와 체념으로 물든 황무결의 뇌리에 약간의 충격으로 다가왔다.

천외비문은 이번 일을 시작하기 전에, 수라천마에 대한 모든 것을 파악하고자 면밀히 조사했다.

삼년이라는 시간을 투자했고, 수천 명의 인력과 수만금의 비용을 투자했다.

그 과정 중에는 수라천마 장후의 은거지인 창리현에 대한 조사 역시 큰 비중을 차지했었다.

그 결과는 창리현은 깨끗했다.

수라천마 장후는 자신의 은거지 주변에 단 몇 명의 수하만을 두었고, 그 외에는 천하각지에 분포시켜 두었다.

대체 왜일까?

적을 끌어들이기 위한 함정이라는 의심으로 더욱 더 세밀하게 조사해보았지만 역시 나오는 건 아무것도 없었다.

권력자일수록 자신의 침소는 조용하고 차분하기를 원한다던가?

수라천마 장후 역시 그런 마음이라고 결론 내렸다.

현 강호무림에서 인간의 형태를 한 재앙이라던가, 공포의 다른 이름이라고 불리는 그였기에, 자신이 창리현에 있다는 사실을 알면 오히려 피했지, 일부러 노리고 들어서는 자들이 없을 것이라 여길지도 모른다고 짐작할 뿐이었다.

그렇기에 천외비문은 직접적으로 창리현을 노리기로 계획한 것이다.

하지만 아니었다.

그들의 정보력이 부족했던 것이었다.

이곳은 마굴(魔窟)이었다.

황무결은 자신을 끌고 가는 풍음사영의 정체를 알지 못했다. 그가 나서기 전에 받아든 자료에는 풍음십팔영의 존재가 기록되어 있지 않았기 때문이었다.

더불어 백운산에 이런 지하공간이 있다는 것 또한 알지 못했다.

'우리가 그에 대해 아는 건 하나도 없었군.'

우리 천외비문이 이토록 멍청했던가?

아니다.

남장후의 말마따나 분명 천외비문은 오만해지기는 했다. 하지만 오만하여도 될 만큼의 실력 또한 갖추고 있었다.

그러니 답은 하나뿐이었다.

'내부에 배신자가 있어!'

그렇지 않고서야, 이렇게까지 모를 수는 없었다.

천외비문 서열 이 위인 자신에게 직접 올라오는 기밀서류를 손댈 만한 위치라면, 배신자는 최소 이십 위 권 내의 고위인사라고 봐야 했다.

'누구이지?'

짐작이 가는 얼굴 몇 개가 뇌리에 스쳤다.

그 순간 황무결은 아픔을 느꼈다.

'단순히 짐작만 하는 대도 몇 명씩이나 떠오르는 구나.'

이러니 질 수 밖에 없다.

내 집 곳간이 썩어 가는데, 남의 집 외양간이 땅 넘어왔다고 도끼 들고 나선 꼴이다.

스스로에게 물어본다.

'지금 깨달았나?'

아니다.

오래전부터 알고 있었다.

하지만 알면서도 외면했다.

외면해도 될 만하다고 여겼던 것이다.

'왜?'

우리는 위대한 천외비문이니까.

그리고 난 천외비문 공식서열 이 위인 지문주이니까.

그러니 그래도 된다고 여겼다.

'시간을 돌릴 수만 있다면……'

어둠이 사라지고, 빛이 밀려든다.

검게 물들었던 황무결의 시야가 밝아지며, 수백 개의 별이 들어왔다.

'지하로 내려가던 게 아니었나?'

생각에 잠겨있던 사이, 다시 바깥으로 나온 걸까?

황무결의 눈동자가 수백 개의 별 중 하나를 찾아 고정되었다.

'별이 아니야?'

높은 천장에 박혀 있는 그것은 별처럼 밝게 빛을 발하지만, 별은 아니었다.

시리도록 새하얀 빛을 뿜는 저건 대체 뭘까?

야명주?

아니다.

그렇다고 여기기에는 너무 밝다.

등불 같은 것도 아니다.

지금껏 본적이 없는 것이었다.

그때, 누군가의 목소리가 황무결의 귀에 스며들었다.

"거기, 비키시오. 거긴 공사가 아직 끝나지 않았소. 거기, 당신 말이요, 당신. 당신 대체 누구요?"

풍음사영이 대꾸한다.

"풍음십팔영 소속 사영입니다."

"풍음십팔영? 아, 그 개차반, 아니, 그 백궁마자 중 소장의?"

"네."

"고생 많지요?"

"으휴. 알아주시니 고맙습니다."

그 사이 목소리의 주인이 다가왔고, 황무결은 그 방향으로 눈동자를 꺾었다.

어렵게나마 얼굴을 볼 수 있었다.

그 순간 황무결은 머리를 송곳으로 찔린 듯한 충격을 받았다.

'진해림(辰解林)?'

거부에게 황금 한 덩이는 아무런 가치가 없다.

천마
재생

군인에게 병졸 한 명은 눈에 뜨이지 않는다.

그러니 권력자는 자신이 가진 것이 아닌, 가지지 못한 다른 재능과 권력을 원한다.

진해림은 세상의 모든 권력자가 가지길 원하는 인재였다.

고금의 모든 진법을 독파하고, 세상의 모든 기관을 파악하며, 세상에 없는 건물을 만들어낼 수 있다는 인물.

진주해문의 태상문주 진해림!

하지만 아무도 그를 얻을 수 없었다.

진해림은 이십 년 전에 죽었으니까.

그런데 그가 어째서 살아있는 걸까?

더욱이 어떻게 이곳에 있는가?

풍음사영이 말했다.

"노야, 공사는 잘 되어 가십니까?"

진해림이 어깨를 으쓱했다.

"안 될게 뭐가 있겠나. 그 친구가 좀 까다로운 부탁을 해서 변경하느라 골치는 아프지만, 뭐 할 만은 하네. 한 오십 일 쯤 후면 완공될 거야."

"그럼 좀 쉴 수 있으시겠군요."

"쉬기는. 장후 그 친구가 날 가만 두겠나? 또 어디에다가 박아두고 뭐 좀 만들어라 하겠지. 못된 녀석이야. 세상에 둘 밖에 없는 친구라며 애걸하는 꼬락서니 볼 때마다 마음이 약해지는 내가 바보이지. 에휴. 친구는 개뿔. 이건 몸종 부리는 것 보다 더하니."

들던 황무결의 눈동자가 파르르 떨렸다.

수라천마 장후와 진해림이 친구라고?

'그럴 리가!'

머릿속에 넣어둔 정보를 아무리 뒤져도, 수라천마 장후와 진해림과의 접점은 조금도 찾을 수가 없었다.

대체 어떻게?

어디서?

진해림이 그제야 황무결을 발견했다는 듯 눈살을 찌푸리며 물었다.

"저 사람은 뭔가?"

풍음사영이 바로 대꾸했다.

"주인님께서 교주님들께 인계하라고 하셨습니다."

진해림이 불쌍하다는 듯 고개를 절레절레 저었다.

"쯧쯔쯔쯔. 누군지는 모르나, 차라리 자결을 하지. 왜 살아서. 쯧쯔쯔쯔."

풍음사영이 물었다.

"교주님들께서는 어디에 계십니까?"

진해림이 짜증을 담아 말했다.

"어디에 있겠나? 그 마구니들이 있을 곳이야 뻔하지. 핏덩어리 몇 개를 집어 들고 돌아와 마굴로 가더만."

"마굴요? 아, 네. 알겠습니다."

진해림이 황무결에게 고개를 들이밀더니, 속삭이듯 말했다.

"아는 게 있으면 다 말하시게나. 모르는 걸 물으면 알아내준다고 하시게. 그러고 나면 그 마구니들이 자결할 기회라도 줄 것이네. 내 말 명심하시게."

그러며 진해림은 안쓰럽다는 듯 한숨을 내쉬었다.

휘익!

바람 소리와 함께 진해림의 얼굴이 황무결의 시야에서 사라졌다.

풍음사영이 멈췄던 발을 움직여 어딘가로 달려가는 모양이었다.

어지럽게 흔들리는 황무결의 시야 안에 여러 가지 것들이 들어온다.

수십 명의 사람이 이리저리 움직이며 뭔가를 만지고 있고, 사람으로 보이지 않은 기괴한 괴물들이 보인다.

화포를 수십 개 붙여놓은 특이한 형태의 철갑마차가 있는가 하면, 커다란 새처럼 날개를 매단 배도 있었다.

대체 저것들은 뭘까?

그리고 이 엄청난 공간은 언제 어떻게 만들어진 걸까?

모르겠다.

다만 한 가지는 분명했다.

'우리 천외비문의 모든 문도를 이끌고 왔다고 해도 이길 수가 없었을지도……'

쉬이이이이이잉.

현란하고 기괴한 물건이 가득 찼던 황무결의 시야가 다시 어둠으로 물든다.

지금의 어둠은 이전과는 달리 불길하다.

이전의 어둠이 맑고 깨끗했다면, 지금은 마치 텁텁하고 답답했다.

어둠이 점점 가시며, 검붉어진다.

이따금 드러나는 건, 비명을 지르는 것처럼 굳어있는 시체와 잘린 팔다리, 그리로 끊어진 내장이었다.

막연히 사람이 그리는 지옥과도 같은 풍경이었다.

하지만 고작 이 정도로 겁먹을 황무결이 아니었다.

어느 순간 풍음사인은 멈췄고, 목소리가 울렸다.

"월야 교주님을 뵙습니다."

월야 교주.

아마도 오륜마교의 교주 중 셋째인 월야마령이 이 앞에 있나보다.

월야마령의 목소리가 들린다.

"그건 뭐냐?"

"천외비문의 지문주 황무결입니다. 주인님께서 가져다 드리면 된다고 하셨습니다."

천마재생

211

"그래?"

목소리가 밝다.

마치 신기한 장난감을 받아든 아이처럼……..

"놓고 가봐."

"네. 그럼 저는 이만."

털썩.

황무결은 자신의 몸이 바닥에 닿는 것을 느꼈다.

다음 순간 그의 시야 안에 두 개의 눈동자가 들어왔다.

월야마령이 그의 코앞에 자신의 얼굴을 가져다 댄 모양이었다.

달빛처럼 은은하게 빛나는 시린 눈동자가 웃는다.

"내가 누군지는 알겠지?"

모를 리가 없지.

월야마령의 목소리가 들린다.

"너무 걱정 하지 마. 죽이지는 않아. 또한 아무것도 묻지도 않을 거야. 네게는 말이지."

덥썩.

월야마령이 황무결의 머리를 굳게 쥐었다.

"이 머리에 물을 거야. 네 팔과 다리에게 물을 걸고, 네 심장에 물을 거야. 넌 아무 것도 하지 않아도 돼. 그냥 네가 부서지는 모습만 지켜보면 되는 거야. 넌 단단하니까 오래 살 거야. 너의 팔과 다리, 몸통과 머리는 계속 살아가게 될 거야. 나의 종복들의 몸에 붙어서 말이지."

황무결의 눈동자가 파르르 떨렸다.

머리와 팔, 다리, 심장에게 직접 묻는다고?

더구나 내 몸을 잘라서 누군가에게 붙인다고?

황무결의 뇌리에 이곳에 오기 전 잠시 스쳐보았던 사람 같이 보이지 않던 기괴한 괴물의 모습이 떠올랐다.

그건 마치 여러 사람을 조각내어 붙여놓은 것만 같았다.

"월하결랑(月下缺狼). 너의 몸으로 만들어질 나의 종복이지. 좋은 재료야. 너라면 최고의 작품을 만들 수 있겠어. ㅎㅎㅎㅎ훗. ㅎㅎㅎㅎㅎ훗. ㅎ하하하하하하하핫!"

월야마령은 황무결의 몸을 부드럽게 쓰다듬으며 그렇게 미친 듯이 웃어댔다.

마귀이다.

황무결은 말하고 싶었다.

뭐든 물어보라고.

다 말해줄 터이니, 묻기만 하라고.

그 대가로 죽게 해달라고.

하지만 월야마령은 웃기만 했다. 그리고 일어나, 황무결의 머리카락을 쥐고 질질 끌며 어둠을 향해 걸어갔다.

월야마령의 웃음소리는 끊이지 않고 계속 울려 퍼졌
다.

†

남장후는 은하수를 따라, 집을 향해 걸어가며 반나절 동
안의 일과를 정리해보았다.

'나쁘지 않은 하루였어.'

나쁘지 않은 게 아니라, 꽤나 좋은 하루였다.

홍예주를 통해, 한 때 가장 즐거웠던 시절을 지금 눈앞
에서 벌어지는 것처럼 생생히 느낄 수가 있었다.

물론 홍예주는 그녀가 아님을 알기에 이따금 아팠지만,
그래도 좋았다.

홍예주를 찾아내 자신에게 보내준 천외비문에게 감사라
도 하고 싶을 정도였다.

감사의 인사는 동생들이 대신하고 있겠지.

아주 친절하게.

남장후의 입매가 부드럽게 풀렸다.

"우선 일단락되었군."

이제부터가 시작이다.

오늘의 싸움은 서로 간에 전쟁의 시작을 알리는 효시(嚆
矢)를 날린 것에 불과하다.

천외비문은 만만치 않다.

아니, 정확히 말해 천외비문의 천문주는 제법 음흉한 녀석이다.

'와병중이라고?'

코웃음이 절로 나왔다.

이제 추수를 거의 다 마쳤다.

"내년 봄까지 처리해야지."

그렇게 생각을 정리한 후, 하늘을 향했던 시선을 정면으로 돌렸다.

멀리, 집이 보인다.

어머니께 약속한 귀가시간을 조금 넘은 상황이었다.

그리 오래 지체하지는 않았지만 약속을 어기는 적이 없었기에, 그의 어머니는 지금 약간 당황하고 계실 게 분명했다.

하지만 발길이 잘 떨어지지가 않았다.

저 안에서 자신을 기다리고 있을 상황이 좀 께름칙했기 때문이었다.

남장후는 어떠한 상황이 닥치더라도 답을 내린다.

답이 없다면 만들어버린다.

하지만 저 안에서 벌어질 상황은 정말 답이 없다.

만들 수도 없었다.

남장후는 낮게 중얼거렸다.

"들어가기 싫군."

†

"장후가 늦네."

남부인은 그렇게 말하며 문 쪽을 자꾸 힐끔거렸다.

이런 경우가 없었는데, 무슨 일이 생긴 걸까?

걱정이 되었다.

"와, 예쁘다."

들려온 소리에 남부인은 눈매를 좁히며 고개를 돌렸다.

그곳에 눈으로 뭉쳐 놓은 것처럼 피부색이 새하얀 아름다운 여인이 있었다.

풍희정이었다.

그 주변으로 하소인도 보였다. 그리고 뭐가 마음에 들지 않는지 본래 두툼한 볼을 더욱 부풀려 마치 두꺼비처럼 보이는 이복순도 있었다.

이복순은 하소인과 풍희정을 연신 힐끔거리며, 남부인과 눈이 마주칠 때마다 입술을 삐쭉삐쭉 거렸다.

그녀로써는 그럴 만 했다.

저녁이나 같이 먹자고 불러서 왔는데, 풍희정과 하소인과 같이 아름다운 처자들이 같이 있으니 이게 무슨 일인가

싫겠지.

반면 하소인은 두 손을 공손히 모은 채 정갈한 자세로 서 있었다. 그리고 남부인과 시선이 마주칠 때마다 부드럽고 온화한 미소를 지었다.

그 모습이 남부인으로서는 불편하기만 했다. 그리고 어째서인지 조금 무섭기도 했다.

그런데 풍희정만은 달랐다. 그저 제 집처럼 편안히 앉거나 돌아다니고 있었다.

남부인은 눈매를 좁혔다. 생각해보니 저번에도 좀 그랬던 것만 같았다. 그때는 좀 버릇없다 여겨졌었다. 그런데 지금 보니 나쁘지 않다 싶었다.

덕분에 오히려 남장후가 늦어져 무슨 일 일까봐 걱정되는 마음이 약간 풀어지는 듯하다.

콧노래를 흥얼거리던 풍희정이 입을 벌리더니 노랫말을 붙여 속삭이듯 불렀다.

"빛나는 강은 인연의 끈인 듯하니, 오늘도 이곳에 머무네."

그 순간 남부인의 눈이 크게 벌어졌다.

그건 그녀의 기억 속에만 있던 노래였다.

어렸을 때, 이렇게 별이 초롱초롱한 밤이면 이따금 돌아가신 시어머니가 그녀를 무릎에 앉히고 불렀던 노래였다.

217

다르다면 그때 시어머니께서 불렀던 노래에는 아무리 기다려도 오지 않는 누군가를 그리워하는 애절함이 느껴졌지만, 지금 풍희정의 노래에는 곧 돌아올 임과의 재회를 고대하는 기쁨이 느껴진다고 할까?

'그런데 어떻게 저 노래를 알았을까?'

남부인이 알기로, 저 제목도 없는 노래는 그녀의 시어머니가 직접 지어 부른 것이었다.

'어? 설마 장후 이 녀석이 가르쳐 준 건가?'

생각해보면 그럴 리가 없었다.

남장후 역시 저 노래를 알 리가 없으니까.

만약 남장후가 어떻게 알아서 한이연에게 가르쳐주었다면 차라리 좋았으련만.

그랬다면 아들의 마음이 저 새하얀 처자에게 있음이 분명하니, 이런 부담스러운 자리를 그만 두어도 될 테니까.

씁쓸했다.

이렇게 자리를 만들 때까지는 생각지 못했는데, 이 처자들을 모아놓고 보니 못할 짓을 한 것 같아 죄스러웠다.

아들 가진 부모랍시고 유세 떤 꼬락서니이다.

이 처자들의 부모님께서 이 자리에 대해 듣는다면 얼마나 서운하고 화가 나실까?

절로 고개가 숙여진다.

그때였다.

"아주머니. 식사하자고 부르신 거 아니세요?"

이복순이었다.

그녀는 더는 참을 수가 없는지 콧김을 훅훅 내뿜고 있었다.

막 먹잇감을 향해 달려들 준비를 마친 멧돼지를 연상시키는 표정이었다.

남부인이 떨떠름한 얼굴로 말했다.

"어. 그, 그렇지. 그런데 장후가 좀 늦네?"

"그러면 기다리지 말고 먼저 먹으면 되잖아요. 언제까지 기다리시려고요."

"어, 어? 그, 그럴까?"

그때였다.

하소인이 손을 뻗어, 이복순의 어깨에 척 걸쳤다.

이복순이 뭐냐는 듯 휙 고개를 돌려 그녀를 노려보았고, 하소인은 여전히 온화한 미소를 머금은 얼굴로 살짝 입술만 비틀어 속삭였다.

"좀 닥쳐주지 않을래요?"

오직 이복순만이 들을 수 있는 목소리였다.

이복순은 이건 뭐냐는 듯이 눈을 부라렸다. 사실, 남부인만 그녀를 천성이 곱다고 여길 뿐이지, 인근에서는 어지간한 장정보다 주먹질을 잘하기로 이름 높았다. 차라리 이복순보다 흑사방의 무뢰배가 낫다는 말까지 나돌 정도였다.

그런데 한 주먹꺼리도 안 되는 예쁘장한 또래의 여인이 이렇게 나오니 참을 수가 없었다.

뒤쪽으로 데려가서 가볍게 주물러 주어야겠다는 생각에 손을 들어올리던 이복순이 갑자기 어깨를 휘청 하더니 손을 아래로 쑥 떨어트렸다.

어깨에 걸쳐진 하소인의 팔이 쇳덩어리마냥 무거워졌기 때문이었다.

놀라 휘둥그레진 이복순의 눈에 환한 미소를 띄운 하소인의 얼굴이 들어왔다.

그저 예쁘기만 한 실없는 여자라고 여겼는데, 저 표정이 다르게 다가왔다.

이복순은 꿀꺽 침을 삼켰다.

그제야 하소인은 그녀의 어깨에 올렸던 팔을 내렸다.

그때였다.

삐그덕.

소리를 내며 대문이 열린다.

남장후가 들어오고 있었다.

"어머니, 조금 늦었습니다."

그렇게 말하며 정중히 인사를 건네는 모습을 보니, 걱정되어 약간은 굳어 있던 남부인의 표정이 눈 녹듯이 풀어졌다.

"왔으니 되었구나. 시장하지? 우선 씻어라. 식사는 그

다음에 하자꾸나."

남장후는 고개를 끄덕였다.

그리고 동시에 풍희정과 하소인의 얼굴이 긴장으로 굳었다.

두 여인은 눈동자만을 돌려 서로를 노려보았다.

살의에 가까운 감정이 그녀들의 눈빛을 타고 서로를 향해 칼날처럼 박혔다.

남장후에게 창리현에 들어온 천외비문과의 전쟁은 조금 전 끝이 났지만, 그녀들에게 전쟁은 이제부터 시작이기 때문이었다.

그때였다.

이복순이 갑자기 불쑥 튀어나오며 말했다.

"우선 식사를 하기 전에 제가 두 분께 드릴 말씀이 있어요."

모두의 시선이 그녀에게로 돌아갔다.

이 멧돼지, 아니 이복순이 무슨 말을 하려는 걸까?

이복순은 남부인을 향해 물었다.

"어머니, 아니죠. 아주머니. 요즘 현 내에 이상한 소문이 도시는 거 아세요?"

남부인은 떨떠름한 얼굴을 하고 물었다.

"이상한 소문? 글쎄다. 뭘까?"

이복순이 짧은 한숨을 연이어 뱉으며 말했다.

"하아. 못 들었다니까 제 입으로 말씀드리기 민망하지만, 뭐 어쩔 수 없네요. 말씀드리죠. 요즘 도는 소문이 제가 장후 오라버니께 시집을 간다는 거에요."

"그래? 그런 소문이 돌아? 난 전혀 들어본 적이 없는데……."

이복순이 쌍심지를 켰다.

"그런 소문이 돌아요. 모두가 안다고요. 그래서 드리는 말씀이에요."

이복순은 호흡을 가누더니 크게 외치듯 말했다.

"저는 장후 오라버니께 시집갈 생각이 없어요!"

지켜보는 모든 사람의 눈이 크게 벌어졌다.

어이가 없는지 입 역시 쩍 벌어졌다.

이복순은 이어 말했다.

"남 오라버니, 나쁘지 않은 분인 거 알아요. 뭐, 성실하고, 과묵하고, 일도 잘하시고. 그런데 야망이 없어요, 야망이. 전 그런 사람 별로에요. 아시죠? 장학오 오라버니라고. 저번에 대과를 보러 가신? 장학오 오라버니와 제가 좀 깊은 사이랍니다."

절대 그렇지 않다.

듣기로 장학오는 대과를 보러 간 게 아니라, 쫓아다니는 이복순을 피하고자 창리현을 떠났다고 했다.

"전 장학오 오라버니를 연모합니다. 그 분과 평생을

함께 하겠노라고 굳게 다짐했습니다. 그런데 이런 황당한 소문이 도니, 학오 오라버니께서 바람결에 소식을 듣고 저의 정절과 절개를 의심하실까 염려스러워요. 그러니 말씀드립니다. 저를 포기하세요. 아주머니, 오라버니. 두 분 참 좋아하지만, 이 집은 저의 집이 될 수는 없네요."

그러며 눈물을 글썽이며, 옷깃으로 눈가를 닦으며 남부인에게로 다가갔다.

"아주머니, 죄송해요. 아주머니의 마음 알지만, 어쩔 수가 없네요. 제 마음은 하나여서, 두 남자를 품을 수가 없네요. 저를 이해해 주세요."

남부인은 저도 모르게 고개를 끄덕였다.

"어, 어? 그, 그래."

이복순은 이어 남장후에게로 다가갔다.

"오라버니. 저는 안 되겠어요. 참 오래 심각히 고민해보았는데, 역시 우린 아닌 것 같아요. 좋은 사람 만나길 바랄게요."

남장후는 아무 말도 하지 않았다.

이복순은 알겠다는 듯 살짝 고개를 끄덕였다.

"그래요. 아픈 거, 저도 알아요. 하지만 어쩌겠어요. 견디기 힘드시다면 저를 욕하세요. 제가 죄가 많은 여자인가 봐요."

그러더니, 너털너털 대문 쪽으로 걸어갔다.

삐그덕.

대문을 열더니, 멈춰 서서 말했다.

"저녁은 다음에, 언젠가 다시 웃으면서 마주 볼 수 있을 때 같이 해요. 저는 이만 가보겠습니다. 여러분, 정말 죄송해요."

그러며 고개를 푹 숙이더니 대문 너머로 달려 나갔다.

이복순이 사라지고도, 사람들은 움직이지 않았다.

아직 대문 앞에 이복순이 서 있다는 듯 멍하니 대문 쪽만 바라보고 있었다.

시간이 멈춘 것만 같다.

침묵은 끊어지지 않고 계속 이어졌다.

그때, 갑자기 풍희정의 입술이 벌어졌다.

"풋."

거의 동시에 하소인이 배를 붙잡았다.

"호호호호호호홋. 호호호호호호호호호."

남부인도 고개를 푹 숙이더니, 마구 웃어댔다.

"호호호호호호호."

남장후 만은 그저 짧고 깊은 한숨을 내뱉을 뿐이었다.

그 모습에 더 웃긴다는 듯 세 여인의 웃음소리는 더욱 커졌다.

224

10

"급보입니다!"

백운산의 지하.

불길하고 섬뜩한 검붉은 어둠이 머무는 곳, 네 쌍의 눈
동자가 반짝인다.

"뭐냐!"

마굴이라고 불리는, 오륜마교의 네 교주가 머무는 이곳
은 출입이 제한되어 있었다.

함부로 발을 디뎠다가는 쉽게 죽지도 못한다.

하기에 소식을 전하러 온 사내는 두려움에 급히 엎드려
외쳤다.

"급보입니다! 주인님의 소식입니다. 암호명 태풍안이,
태풍안이!"

눈동자만을 드러낸 네 교주가 바람처럼 튀어 나와 사내
의 주변에 모여 섰다.

무엇을 하다가 나왔는지는 모르겠지만, 그들의 옷은 피
로 물들어 있었고, 두 손에는 살점이 덕지덕지 달라붙어
있었다.

천살마령이 물었다.

"태풍안? 이복순이라는 멧돼지, 아니, 처자를 말함이렸
다? 어떻게 되었느냐!"

월야마령이 다급한 표정으로 외쳐 말했다.

"설마 그 멧돼지가 우리의 형수가 되었다는 거냐!"

혈우마령은 두 눈을 지그시 감았고, 괴겁마령은 안타까움에 한숨을 길게 내쉬었다.

그때, 소식을 전하러온 사내의 입이 벌어졌다.

"태풍안이 주인님을 찼답니다."

네 교주는 눈을 껌뻑거렸다.

잠시의 시간이 흐른 다음에야, 괴겁마령이 입을 열었다.

"지금 뭐라 했느냐?"

혈우마령이 이어 물었다.

"그러니까 태풍안이 형님을 찼다니?"

"말씀 그대로입니다. 주인님께서 태풍안에게 차였답니다."

네 교주는 서로를 돌아보았다.

다시 침묵이 흐른다.

어느 순간, 천살마령이 입이 벌어졌다.

"풋!"

다른 세 명이 천살마령을 노려보았다.

그러자 천살마령은 깊숙이 고개를 숙였다.

"죄송합니다, 형님들."

다시 시간이 흘렀다.

괴겁마령이 낮게 목소리를 깔아 말했다.

"잘 되었군. 그 아이를 형수님으로 모시지 않게 되었
으……, 흐흠."

말을 마칠 쯤 새된 소리가 튀어 나와 헛기침으로 무마한
다.

모두가 이를 악 물었다.

얼굴은 터질 것처럼 새빨갛게 물든다.

웃음을 참으려 애를 쓰는 모양이었다.

검붉은 어둠은 이내 그들을 삼켜버렸지만, 그 안 저편에
서 누군가의 목소리만은 흘러나왔다.

"형님들, 그래도 다행이지 않습니까?"

천살마령의 목소리였다.

"다행인 거냐?"

혈우마령이 묻는 말에 괴겁마령이 대신 답한다.

"이건 좀, 모르겠구나."

월야마령이 말한다.

"미묘하군요."

"풋!"

이어 천살마령이 목소리가 울린다.

"죄송합니다, 형님들."

사람의 마음이란 강제로 시킨다고 해서 변하지가 않는다.

특히 사랑이라는 감정은 더욱 그렇다.

누군가를 사랑한다는 것.

그 누군가가 누가 될지는 본인도 모른다.

그저 우연처럼 사랑은 찾아오고, 신기하게도 그렇게 시작된다.

어떤 이가 나타나 많은 돈과 커다란 권력, 명성을 주는 대신 타인을 사랑하라고 강요한다면, 그럴 수 있을까?

사랑을 하는 시늉 정도는 할 수 있을지 모른다.

하지만 사랑하지는 못한다.

사람의 마음이란, 그리고 사랑이란 그런 것이다.

남부인이라고 해서 모르지는 않았다.

그럼에도 저녁식사 자리를 빙자하여 며느릿감을 간택하겠다고 남장후를 압박한 건, 초조하기 때문이었다.

남장후가 이따금 떠났다가 돌아올 때마다 느껴지는 불길한 기운이 점점 더 짙어지고 있었기 때문이었다.

언젠가 그 불길한 기운이 아들을 사로잡고 돌려 보내주지 않을 것 같아서였다.

그래서 꼭 돌아올 곳을 만들어 주고 싶었다.

아내를, 그리고 아이를.

그러면 남장후가 그 불길한 기운이 아무리 짙어지더라도 쉽게 떨쳐 버리고 돌아올 것만 같았다.

'아니야.'

거짓말이다.

사실 그녀는 남장후가 떠나지 않기를 원했다.

그저 창리현에서 계속 머물며 살아가기를 원했던 거다.

밖에서 무슨 일을 하는지 모르겠지만, 그것을 모두 그만두기를 바랐던 거다.

가정을 이룬다면, 자연히 그렇게 될 수 있으리라 여겼다.

'욕심이지.'

그래, 부모로서의 욕심이었다.

이복순을 보며 웃었지만, 씁쓸하기도 했다.

'그래. 사람 마음이란 강요한다고 되는 게 아니지.'

결국 남부인은 며느리를 얻겠다는 욕심을 포기했다.

아니, 포기가 아니다.

그저 기다릴 뿐이었다.

언젠가 아들이 사랑을 하기를.

그 사랑이 결실을 보기를.

가슴에 품은 아픔을 극복해내기를.

남장후가 말하지는 않았지만 남부인이 모를 리 없었다.

비밀이 많은 아들에게는 가슴 깊숙한 곳에 깨어지지 않는 아픔이 만년빙처럼 맺혀 있고, 그 만년빙 안에 누군가를 가두어고 있다는 것을.

남부인은 물끄러미 남장후를 바라보았다.

'대체 언제 어디서 만나서 그런 아픔을 겪은 걸까?'

알 수가 없다.

그리고 알아서도 안 될 것 같았다.

그게 어미로서는 서글플 뿐이었다.

그녀의 시선을 느낀 남장후가 부드럽게 눈웃음을 그렸다.

남부인은 그를 따라 미소를 지었다.

그때, 여인의 목소리가 흘러들었다.

"와. 저렇게도 웃는구나. 처음 봐요."

하소인이었다.

남부인이 물었다.

"그러니? 나한테는 항상 저렇게 웃어주는데?"

"그래요? 부럽다. 어머니. 저한테는 만날 못 살게만 굴거든요."

"어떻게? 설마 때려?"

하소인이 갑자기 정색했다.

"여자 때리고 그런 사람 아닙니다, 어머니."

남부인이 웃으며 고개를 숙였다.

"아, 그랬군요. 몰랐네요. 미안하네요."

"헤헤헤헤헤헤헤헤. 장난이에요. 이거 좀 드셔보세요. 맛
있어요."

그러며 하소인은 젓가락으로 소채를 집어 남부인의 얼
굴 쪽으로 내밀었다.

그러자 남부인은 과장되게 인상을 썼다.

"내가 만든 거거든? 그게 가장 맛없는 거 내가 더 잘 알
아요."

"에이. 들켰다."

그러며 혀를 낼름 내민다.

남부인은 그런 하소인이 귀엽다는 듯 부드럽게 웃으며,
소채를 받아먹었다.

마음이 바뀌니, 사람이 달라 보이는 걸까?

남부인은 불편하기만 하던 하소인이 그렇게 귀여울 수
가 없었다.

'이렇게 예쁘고 사랑스러운 처자였구나.'

이복순이 그렇게 떠나버리고, 남은 네 사람은 허식을 날
려 버렸다.

덕분에 이렇게 저녁식사를 함께하는 자리가 즐겁기만
했다.

특히 하소인은 마치 사람이 바뀐 것처럼 웃고 떠들었
다.

231

불편할 정도로 예의를 갖추고, 한 치 틈 없어 보이던 깍쟁이 같던 모습은 어디로 갔는지, 사내아이처럼 털털한 대다가 장난스럽고 애교가 많았다.

남부인은 그제야 알 것 같았다.

자신이 불편해한 만큼, 하소인이 긴장하고 있었다는 것을.

자신이 무섭다고 여긴 모습은 하소인이 자신에게 잘 보이고자 눈치를 살피던 것임을.

'이렇게 착한 처자인데……'

정말 여러 사람에게 못할 짓을 한 것 같다.

"어머니, 이거 맛 좀 보세요."

풍희정이 그렇게 말하며 김이 모락모락 피어오르는 접시를 들고 다가와 오른쪽 옆에 앉았다.

남부인은 미소 지으며 그녀가 내려놓은 접시에서 젓가락으로 고기 한 점을 집어 들고 자신의 입에 가져갔다.

"어머나?"

시어머니께서 해주시던 딱 그 맛이었다.

돌아가시기 전에 비법을 전수 받기는 했는데, 좀처럼 그 맛이 나질 않았었다.

남부인이 놀랍다는 듯 풍희정을 돌아보자, 풍희정이 그럴 줄 알았다는 듯 배시시 웃었다.

"조금만 더 끓여야 한 댔잖아요."

남부인은 고개를 끄덕였다.

"그러네. 내가 몰랐어. 고마워요, 아가씨."

풍희정이라는 처자는 참 이상했다.

예전 시어머니만이 알고 있던 것들은 스스럼없이 행동했다.

그렇기에 남부인은 약간 섬뜩하고 께름칙하기도 했지만, 지금은 좋기만 했다.

시어머니가 살아 돌아온 기분까지 들었다.

남부인과 풍희정의 분위기가 마음에 안 든다는 듯이 코를 찡긋거리던 하소인이 갑자기 외치듯 말했다.

"어머니! 우리 술 한 잔 해요!"

남부인은 고개를 끄덕였다.

"그러자. 어마. 집에 술이 없는데? 어쩌나? 사오기에는 늦었고."

풍희정이 말했다.

"있어요. 뒤쪽에 채소밭을 파면, 담가놓은 매화주가 두 동이 나올 거에요. 오늘 같은 날이 꼭 올 거라고, 내가 묻어두었지."

"아가씨가 언제?"

"그러니까 사십 년쯤 전에……. 아, 그러니까 사십 년 정도 묵은 술은 엊그제 묻어 놓았어요."

그렇게 횡설수설하던 풍희정은 벌떡 일어났다.

"제가 가져올게요."

그러며 문을 향해 냉큼 달려갔다.

남부인은 고개를 돌려 남장후를 바라보며 흐뭇한 표정을 지었다.

"좋구나. 우리 아들, 사랑 받네."

남장후는 그저 어색한 미소로 답했다.

남부인이 다시 말했다.

"우리 아들이 사랑을 받지만 말고, 주기도 하는 사람이 되면 더 좋겠구나."

남장후의 얼굴이 굳었다.

"이제 되었다, 이 어미는. 네 아내는 네가 데려오너라. 다만, 너무 오래 기다리게 하면 안 돼."

남부인은 이제 할 말을 다했다는 듯 그에게서 시선을 떼고 말했다.

그렇게 밤은 깊어져 갔고, 웃음은 넘쳐만 갔다.

†

천외비문.

그 네 글자를 어깨에 인 이들은 자부심을 느낀다.

방초용 또한 그랬다.

그는 천외비문의 일원임을 언제나 자랑스럽게 여겼다.

비록 급보를 담당하는 비전당(秘傳堂) 소속이기에 청의 무복을 꺼내 입고 하얀 검을 쥔 채 세상을 질타할 일은 없지만, 자신이 하는 일 역시 못지않게 중요하다고 여겼다.

방초용이 하는 일은 각지에서 전해지는 급보의 내용을 암호문으로 변경하여, 어딘가에 있는지 모를 상부로 향하는 전서구에 넣어 날리는 것이었다.

그게 전부였다.

그가 일을 하는 경우는 일 년에 몇 차례 되지 않는다.

어떤 해는 전혀 급보가 오지 않는 경우도 있었다.

그럼에도 방초용은 언제나 긴장을 유지한 채, 집무실에서 떠나지 않았다.

그가 취급하는 정보가 급보이기 때문이었다.

일각을 지체하면 일백 명이 위험하고, 이각을 지체하면 이백 명이 죽는다.

그리고 혹여 하나를 빠트리면, 천외비문 전체가 죽는다.

그것이 비전당 내에서 전해 내려오는 격언이며, 방초용의 좌우명이기도 했다.

하지만 방초용은 오늘 자신의 손에 들린 종이 한 장을 무려 반 시진이나 노려보고 있었다.

종이의 색이 새파랗다.

청지(靑紙)는 급보 중에서도 가장 높은 등급으로, 암호문으로 변경하지도 말고 바로 보내야 했다.

235

그만큼 빠르게 전달해야만 했다.

그런데 방추용은 지금 이 청지를 보내야 하나, 말아야 하나를 갈등하고 있었다.

청지에 적힌 내용 때문이었다.

적혀 있는 글귀는 단 한 줄 뿐이다.

〈추수를 끝냈다〉

그게 전부였다.

처음 내용을 접했을 때, 방추용은 자신이 알지 못하는 암호문인지도 모르겠다는 생각을 했었다.

하지만, 청지를 보내온 곳이 며칠 전 세상에 나섰다가 실종되었다는 지문주 황무결의 연락선이기 때문에 더욱 그랬다.

그런데 필체가 낯이 익었고, 그랬기에 방추용은 이렇게 반시진이라는 긴 시간을 그저 청지를 든 채 고민할 수밖에 없었다.

방추용은 고개를 돌려 자신이 꺼내온 책을 돌아보았다.

현 시대를 이끌어가는 권력자들의 필치가 수록된 책이었다.

책은 펼쳐져 있었는데, 그 위에 쓰여 있는 글자의 모양이 청지 속의 글자와 너무나 흡사했다.

"수라천마 장후."

필체의 주인의 이름은 그렇게 적혀 있었다.

결국 고민 끝에 내린 결론은 이랬다.

"선전포고인가?"

방추용은 지그시 눈을 감았다.

그리고 청지를 든 손을 부들부들 떨었다.

천외비문.

그 자랑스러운 네 글자를 떠올리면 뿌듯함만을 느꼈는데, 오늘은 어쩐지 불안하기만 했다.

†

바람이 차다.

이제 곧 겨울이 닥치니, 미리 알려주겠다는 듯하다.

하지만 아직 햇살은 뜨거워, 외투를 걸칠 정도는 아니었다.

하지만 먼 길을 떠나는 자식을 마주하는 어미에게는 벌써 겨울이 닥친 듯 하나보다.

"자, 이거 걸치고. 감기 들지 몰라."

백운산의 초입, 남부인이 두껍고 긴 장포를 내밀어 남장후에게 걸쳤다.

태어난 이후로 지금까지 남장후가 단 한 번도 앓아본 적이 없음은 그녀도 알고 있었다.

하지만 모르는 일이었다.

남부인의 눈에 비친 남장후라는 아들은 그저 착하고 순진하기만 한 아이이니까.

남장후는 당연하다는 듯 남부인이 내어준 장포를 입고, 고개를 푹 숙였다.

"그럼 다녀오겠습니다."

그러자 남부인은 미소를 그린 채, 말했다.

"그래, 다녀오려무나."

뒷말은 없었다.

어느 순간부터, 불안한 표정으로 돌아오는 거지라고 묻기도 했었는데, 지금의 남부인은 그저 편안해보이기만 했다.

그렇기에 남장후는 조금 가벼운 마음으로 몸을 돌릴 수 있었다.

그때였다.

갑자기 남부인이 입을 열었다.

"난, 두 아가씨 다 좋더라."

남장후는 걸음을 내딛지 못하고, 고개만 돌렸다.

"그렇더라고. 그러니 너무 오래만 기다리게 하지 말거라. 나도. 그 아가씨들에게도. 알았지?"

그러며 남부인은 몸을 돌려 집을 향해 걸어갔다.

멀어지는 남부인의 모습을 가만히 지켜보던 남장후가

어느 순간 입을 열었다.

"모르겠습니다, 아직은 요."

그러며 고개를 들어 하늘을 올려다보았다.

저 하늘이 아직도 저렇게 그녀의 얼굴이 선하게 그려내는데, 눈을 감으면 그녀의 체취가 아직도 느껴지는데, 어떻게 다른 여인을 곁에 둘 수 있을까.

저 하늘이 그려내는 그녀는 오늘도 괜찮다고 속삭이고 있다.

"내가 안 괜찮아."

그러며 남장후는 질책하는 듯한 그녀의 시선을 피하고자 몸을 돌려 백운산을 향해 성큼성큼 걸어갔다.

잠시 만에 백운산의 울창한 수풀이 그의 몸을 가렸다.

얼마나 지났을까?

백운산의 뒤편, 수풀이 갈라지며 한 사내가 모습을 드러낸다.

남장후였다.

백운산을 지나온 사이 그의 복색은 달라져 있었다.

핏물을 뭉쳐 만든 것만 같이 새빨간 경갑옷을 입고 있는데, 그 위에 남부인이 주었던 무릎까지 닿을 듯이 긴 장포를 걸치고 있었다.

그의 뒤로 네 개의 그림자가 보인다.

오륜마교의 네 교주였다.

천마재생

그 뒤엔 백궁마자 대장과 총대, 그리고 소한살객과 일결이 있었다.

그들 뿐 만이 아니었다.

각양각색의 옷을 입은 사람들과 사람으로 보이지 않는 기괴한 이들이 가득하다.

남장후는 한 번 뒤를 돌아보지 않은 채, 그저 앞에 깔린 황토색 길을 따라 걸어갔다.

멀리 둥근 해가 그를 반기듯 햇살을 뿌린다.

휘이이잉.

차가운 바람이 불어와 그가 걸친 장포를 깃발처럼 나부끼게 했다.

남장후가 눈을 빛내며 속삭였다.

"추수를 마쳤으니, 좀 쉬어야겠지?"

그의 뒤, 모든 이들이 송곳니를 드러내며 웃었다.

제대로 쉴 수 있을 것 같았다.

흐르는 핏물을 이불로 덮고, 쌓인 시체를 베개로 괴어서⋯⋯.

第九十八章.

그러지 말고 좀 주라!

第九十八章.

그러지 말고 좀 주라!

형하(螢河)는 '반딧불이의 강'이라는 이름과는 달리, 그 어디에도 반딧불이를 찾을 수가 없다.

또한 강도 아니다.

인근 백여 리 안에 실개천조차 흐르지 않는다.

곳곳에 쓰레기가 넘치고, 오물만이 가득할 뿐이었다.

그럼에도 그런 아름다운 이름이 붙은 이유가 뭐냐고 묻느냐면, 대부분 이렇게 말한다.

밤에 이곳에 나와 보라.

그러면 굳이 설명해주지 않아도 스스로 깨닫게 될 것이다, 라고.

그 말대로이다.

형하의 밤거리를 찾아온 두 청년은 그 이유를 단숨에 알 수 있었다.

"엄청나구나!"

두 청년 중 황의단삼을 입은 청년이 그렇게 외치며 입을 쩍 벌렸다.

오색의 불빛이 일렬로 늘어서 있다.

끝이 보이지 않는다.

밤하늘까지 닿아 있는 것만 같았다.

형하.

하늘 아래 가장 번화한 거리라고 불리어지는 곳.

아니, 하늘 아래 가장 퇴폐적이고 향락적인 거리이다.

이 거리에는 웃을 일이 넘친다.

웃을 꺼리가 가득하고, 활짝 핀 꽃처럼 화려한 여인들이 손짓으로 유혹하여 웃음을 팔아댄다.

그렇기에 웃음을 잃은 이들이 찾아와 불빛 속에 몸을 던진다.

무엇이든 할 수 있고, 무엇이든 해준다.

돈만 있다면 말이다.

하지만 돈이 사라져 버리면, 이 거리는 짐승이 되어 덮친다.

모든 것을 잃은 이들은 그렇게 불빛 사이의 어둠이 되어 버린다.

그리고 모진 박대 속에 구걸로 끼니를 연명하며 기다린다.

웃음을 되찾을 날을.

바로 옆에 반짝이는 불빛 속에 다시 몸을 던질 수 있는 순간을.

황의단삼의 청년은 형하의 황홀한 풍경에 벌써 취해버렸는지, 걷는 중에도 연신 고개를 이리저리 둘러 댔다.

벌거벗은 여인들이 꽃처럼 화사한 미소를 지으며 이리 오라며 손짓을 해댄다.

취해서 벽을 붙잡고 토악질을 하는 사내는 민대머리에 승복을 입고 있었고, 험상궂게 삿대질을 하는 노인은 유생의 차림을 하고 있었다.

이제 열두어 살이나 되었을까 싶은 소년이 헐벗은 여인의 품에 안겨 술잔을 들이키며 히쭉거리기도 했다.

모두가 이 거리 형하에서만 볼 수 있고, 형하에서만 용납되는 진귀한 풍경이었다.

"여긴 화려한 감옥이로군요."

주변을 둘러보던 황의단삼의 청년이 그렇게 말하자, 말없이 앞만 보며 걷던 일행으로 여겨지는 백의장포를 걸친 청년의 입이 벌어졌다.

"갇히려 하는 이들만 갇힐 뿐이지."

차분하고 차가운 목소리.

듣는 사람을 주눅 들게 만드는 위엄이 서려 있다.

백의장포 청년의 단정한 외모와 잘 어울린다.

귀한 집 안의 자식으로 태어나, 옳고 바른 훈육을 받아 제대로 성장하면 꼭 이렇겠구나 싶은 외모와 분위기였다.

때문에 백의장포의 청년이 지나칠 때마다 여인들은 색정어린 시선으로 바라보며 추파를 던졌다.

하지만 백의장포의 청년은 주변의 시선 따위는 느껴지지 않는다는 듯 앞만을 바라보며 걷고 있을 뿐이었다.

일행으로 보이는 황의단삼의 청년 역시 범상치 않아보였다. 촌구석에서 막 올라온 것처럼 해맑게 웃으며 연신 둘러보고 있기에 그렇지, 표정을 지우고 가만히 있다면 꽤나 준수할 듯했다.

또한 황의단삼 청년에게서는 청량함이 느껴졌다.

뭐라고 해야 할까?

불어오는 바람 같다고나 할까?

자유로움이 느껴진다.

백의장포의 청년이 갑자기 입을 열었다.

"그 동안 뭘 하고 지냈느냐?"

황의단삼의 청년은 대답치 않고 빙긋 웃었다. 그러더니 화제를 바꾸려는 듯 되려 이렇게 질문을 했다.

"형님 소식은 잘 듣고 있었습니다. 협검성(俠劍星)이라 불리신다면서요?"

백의장포 청년이 물었다.

"넌 뭐라고 불리느냐?"

황포청년은 그저 싱그러운 미소만 지을 뿐이었다.

협검성!

차후 강호무림을 이끌어갈 것이라 평해지는 다섯 명의 젊은이, 신주오성.

그 중에서도 제일이 누구냐고 물으면 열 중 다섯은 협검성 하정천이라고 말한다.

천하제일가인 진무하가의 소가주이며, 협륜문의 소문주라는 직책을 가진 그에게는 당연하다고 할 수 있는 명성이었다.

하정천은 지난 오 년 동안 그러한 명성에 합당한 실력과 성과를 보여주었다.

정말 열심히 살았다.

아니, 열심히 살았다는 말로는 부족하다.

죽기 살기로 살았다.

오 년이 어떻게 지나갔는지 모를 정도였다.

최근에서야 주변을 둘러볼 여유가 좀 생겼다.

그때마다 먼저 떠오른 사람의 얼굴이 바로 지금 옆에서 같이 걷고 있는 재경이었다.

어떻게 살고 있는지가 이따금 궁금했다.

오 년 전, 성하맹과의 싸움 당시에 후기지수들로 이루어진 단체 은천대의 일원으로써 함께 싸웠던 동료로써의 걱정이나 염려 때문일까?

천마
재생

아니다.

오히려 그 반대라고 해야 했다.

하정천은 다른 은천대원들의 소식은 어렵지 않게 들을 수 있었다. 진무하가의 소가주라는 지위와 협륜문의 소문주가 가진 권력이라면 그 정도는 어렵지 않았다.

더불어 은천대는 꾸준히 교류를 하며 이 년에 한 번 정도 모임까지 가지고 있었다.

모두가 잘 살아가고 있었다.

속되게 말해, 아주 잘 나갔다.

강호무림을 이끌 동량이라는 신주오성 중 네 명이 은천대 출신이었으니, 두 말하면 잔소리겠지.

하지만 은천대 중 단 두 사람은 조금도 소식을 알 수가 없었다.

첫 번째가 재경이었고, 두 번째가 일결이었다.

나중에 알았지만 일결은 수라천마 쪽 사람이었으니, 그럴 만했다.

하지만 재경만은 어째서일까?

혹여 죽었다고 해도 이상한 일이었다.

협륜문은 당금 무림의 삼대세력 중 하나로 등극한 권력 집단이다.

그러니 재경이 죽었다면 어디서 어떻게 왜 죽었는지를 알아낼 수 있을 만한 정보력은 갖추고 있었다.

그런데 하정천은 일부러 재경의 소식을 알아보아도 아무 것도 찾을 수 없었고, 들을 수도 없었다.

재경이라는 사람이 처음부터 없었다는 듯이 깨끗했다.

어째서 일까?

답은 하나뿐이었다.

협륜문의 눈을 가릴 정도의 세력이 재경의 뒤에 버티고 있다는 것!

'어디 일까?'

대체 지난 오 년 동안 재경은 어디에 소속되었고, 어떻게 살아왔을까?

그리 편하게 살지는 않은 것 같았다.

짧은 단삼의 소매 아래로 드러난 팔뚝에 지렁이처럼 가득한 흉터가 말해주고 있었다.

그 중에는 팔이 잘리지 않은 게 용하다 싶을 정도로 날카로운 것도 여럿 있었다.

팔이 저 정도이니, 옷에 가려진 몸통은 어떠할지 안 봐도 훤했다.

재경이 넌지시 물었다.

"그런데 우리 임무가 뭡니까?"

"난들 알겠느냐?"

그러며 하정천은 눈을 좁혔다. 그가 받은 명령은 형하로 가라는 게 전부였다.

문주인 권황 철리패가 직접 내린 명령이었기에 거부할
수가 없었고, 뭔가를 캐물을 수도 없었다.

　이번엔 하정천이 물었다.

　"너를 보낸 쪽에서는 아무 말도 없었고?"

　재경은 어깨를 으쓱했다.

　"언제나 그렇듯이 여기 와보면 알 거라고 하더군요."

　"언제나 그리 살았느냐?"

　재경은 실수했다 싶은지, 손을 들어 볼을 긁었다.

　"뭐, 그랬죠."

　"네가 그리 살 녀석은 아닌데?"

　"뭐 살다보니 좀 바뀌더군요."

　"얼마나 오래 살았다고?"

　"짧게 살아도 험하게 살면 바뀌는 게 많더군요."

　하정천이 갑자기 걸음을 멈췄다. 그리고 매섭게 재경을
쏘아보았다.

　재경은 웃는 낯으로 그를 마주 대했다.

　하정천이 말했다.

　"많이 바뀌었구나."

　"살아남기 위해서는 많이 바뀌어야 했습니다."

　"하지만 바뀌지 않아야 할 것도 바뀐 듯하구나."

　"그렇습니까? 저는 잘 모르겠습니다. 그렇다면 형님께
서 다시 바꾸어 주십시오."

그러며 넙쭉 고개를 숙인다.

그 순간 하정천은 눈을 얇게 여몄다.

지금까지는 누군가의 눈먼 검이 되어 이리저리 휘둘려 온 것만 같은 인상이었다.

하지만 지금의 모습으로 그러한 인상을 착각이었음을 깨달았다.

사고가 유연하다.

배워서 할 수 있는 게 아니라, 깨어지고 부서지고서도 다시 일어난 이만이 가질 수 있는 힘이다.

'이 녀석. 권력을 쥐었구나!'

본래 쉽게 볼 녀석은 아니었지만, 오 년이 지난 지금 만만치 않은 상대가 되어 나타난 거다.

하정천이 미래의 패권을 쥐기 위한 큰 싸움을 머릿속에 그릴 때 언제나 떠오른 건 오륜마교의 강위였다.

하지만 이제 그 장면을 그릴 때 이 녀석의 얼굴도 이따금 떠오를 것만 같았다.

하정천이 냉정히 말했다.

"아니. 바꿔주지 않겠다. 오히려 배워야겠구나."

재경의 미소가 짙어졌다.

"형님도 많이 바뀌셨군요."

"나 역시 험하게 살아왔나 보구나."

그러며 하정천은 멈췄던 발을 앞으로 내딛었다.

천마재생

뭐가 재밌는지 갑자기 고개를 숙이며 웃는다.

"푸훗."

그러자 옆에서 보폭을 맞추고 걷는 재경도 고개를 젖히며 웃었다.

"하하하하하핫!"

재밌다.

그냥 이렇게 오랜 만에 같이 걷고 있으니, 좀 즐거웠다.

형하라는 이 환락의 거리가 눈에 들어오지 않을 만큼.

언젠가는 마주 서서 서로의 목을 노리고 검을 날릴 날도 있겠지.

분명 그럴 것이다.

하지만 지금, 이렇게 어깨를 나란히 하고 같은 곳을 향하는 걸음이 재밌고 즐거웠다.

하정천과 재경이 그들만이 알아볼 수 있는 표식에 쫓아 도착한 곳은 처녀향(處女香)이라는 이름의 기루였다.

어쩌면 당연하다고 해야 했다.

이곳 형하의 건물 중 칠 할이 기루이니까.

기녀가 몸을 팔거나, 기예를 팔거나, 혹은 몸과 기예를 함께 팔거나 하는 정도의 사소한 차이만 있을 뿐이다.

처녀향이라는 이름이 이 기루는 향하의 중심거리가 아닌, 뒤편 음습한 곳에 위치해 있었다.

위치도 그렇거니와 '처녀의 향기'라는 원색적인 이름에서 알 수 있듯이, 기루의 분위기는 참 저렴했다.

길가에 지나다녀도 눈길 한 번 주지 않을 여인이 기녀랍시고 손님을 맞이하고 있었다.

권태로운 표정과 화장 속에 숨겨진 주름이 이 바닥 생활 수십 년쯤 해왔다고 말해주는 듯하다.

형하를 아는 사람이라면 결코 발을 들이지 않을 곳이고, 형하를 모르는 사람이라고 해도 문 앞에서 고개만 삐쭉 집어넣고 살펴본 다음 깜짝 놀라며 바로 몸을 돌려 달아날 만한 곳이었다.

하지만 하정천과 재경은 쫓아본 표식의 종착지가 바로 이곳이기에 어쩔 수 없이 들어갈 수밖에 없었다.

기다렸다는 듯 네 명의 기녀가 달려와 그들을 화려한 방에 가두었고, 양 옆으로 털썩 앉았다.

"어머나. 잘 생기셨다."

"와. 이렇게 잘 생긴 공자님들은 처음 봐요."

"어깨 넓은 거 봐."

하정천은 인상을 구겼다.

동시에 재경은 쓴웃음을 지었다.

본래 두 사람은 기루를 좋아하지는 않지만, 본래 사내란 원하지 않더라도 이런 자리를 가져야할 일이 있고는 했다.

그러니 이따금 기루를 찾을 일이 있으면, 잠시 분위기를 맞추고 서둘러 일어나는 편이었다.

그렇기에 기녀의 용모 미추를 따지지 않았다.

하지만 이건 심해도 너무 심했다.

하나같이 딱 봐도 이모뻘이다.

팔뚝은 어지간한 장정보다 두껍다.

더구나 들러붙어대는 꼬락서니라니.

"나 오늘 너무 좋아. 나, 이 공자님이랑 망가질래!"

그렇게 외치며 기녀 한 명이 하정천의 품에 안겼다. 아니, 안았다.

그 순간 하정천은 주먹을 불끈 쥐었다 풀었다.

참기 힘든지 얼굴이 부들부들 떨린다.

재경이 어색한 미소를 지으며 설득하듯 말했다.

"그래도 이복순보다야 낫지 않습니까?"

그 순간 하정천의 입이 비틀렸다.

"풋!"

이복순.

그 세 글자는 현 시대를 살아가는 권력자들에게 가장 큰 화젯거리였다.

그녀의 정보와 용모파기는 쓰이고 그려져 권력자들의 손에 들렸고, 그녀가 수라천마 장후를 차버렸다는 사실 역시 단숨에 퍼졌다.

재미난 사건이었다.

달리 보면 충격적인 사건이기도 했다.

때문에 공포의 대상이었던 수라천마 장후는 이복순이라는 세 글자로 인해 지금처럼 이따금 웃음거리가 되었고, 그로 인해 신격화된 그가 친근하게 여겨지는 효과를 가져다주었다.

권력자 중 누군가가 이리 말했다고 한다.

이 사건은 수라천마 장후가 또 다른 음모를 꾸미기 위해, 자신에 대한 경계심을 지우고자 의도한 것인지 모른다고.

그럴지도 몰랐다.

하지만 그렇다고 하여도 우스운 건 어쩔 수 없었다.

하정천은 표정을 지우고 재경을 노려보았다.

재경이 이복순이라는 세 글자를 안다는 건, 최소한 협륜문의 소문주라는 직위가 가진 권력과 비등한 힘을 가지고 있다는 뜻이나 다름없었다.

'지난 오 년 동안 대체 어디서 무엇을 하고 있었기에?'

이복순을 안다면, 이틀 전 수라천마 장후가 천외비문을 향해 선전포고를 했다는 사실 또한 알고 있다고 봐야 했다.

고금제일마인 수라천마 장후와 천년의 역사를 자랑하는 신비문파 천외비문의 전쟁.

255

이건 오 년 전 집마맹과의 전쟁을 능가하는 치열한 전쟁이 될 것이 분명하다.

그들이 상위권자의 명령을 받고 이 형하까지 온 이유도 분명 그와 관련이 있을 가능성이 높았다.

그때였다.

"이복순이 누구에요? 저 방에 계신 분도 이따금, 이복순, 이복순 하며 웃던데."

기녀가 그렇게 말하며 고개를 갸웃거리자, 재경과 하정천의 눈매가 날카로워졌다.

기녀는 급변한 두 사람의 분위기에 섬뜩함을 느껴 목을 숨겼다.

"왜, 왜 그러세요, 공자님들?"

그때였다.

방문이 거칠게 열리며 기녀 한 명이 들어왔다.

"아, 짜증나."

어울리지 않게 예쁘장한 여인이었다.

나이는 이십대 중반 정도로 보이는 데, 눈꼬리가 위로 올라가고 입술이 도톰한 편이기에 도발적이면서도 야하다는 느낌을 주었다.

여인이 들어오자, 자리해 있던 기녀들 중 한 명이 말했다.

"루주님? 왜요?"

이 예쁘장한 여인이 이 처녀향의 주인인가보다.

그녀가 말했다.

"아니, 그 손님. 또 자꾸 손을 가슴에 집어넣으며, 자꾸 달라는 거야."

"좀 주면 되죠."

"주고 싶어야 주지."

"그래도 그만한 손님도 없는데……."

"이것들이! 너희나 막 주지, 난 주고 싶을 때 줘! 어마? 그런데 이 공자님들은 누구시래? 안녕하세요? 처음 뵙네요?"

그러며 루주는 총총 걸음으로 다가와 하정천과 재경의 사이에 앉았다.

"이 공자님들은 내가 모실 테니까, 너희는 그 방에 가 봐."

기녀들은 입술을 삐쭉거리며, 슬며시 일어섰다.

그때였다.

쾅!

문이 열리며 상체를 벗은 중년인이 들어선다.

"야! 그러지 말고 좀 주라!"

루주가 눈살을 찌푸리며 뾰족한 목소리로 외쳤다.

"싫다니까요, 정말!"

중년인이 답답하다는 듯 외친다.

"이런 이복순보다 더한 것이 있나. 어?"

중년인은 그제야 하정천과 재경을 발견했다는 듯 두 눈을 휘둥그레 떴다.

재경과 하정천 역시 눈을 크게 뜨고 중년인을 멍하니 바라보았다.

중년인이 난처하다는 듯 머리를 긁적이며 말했다.

"언제 왔어?"

하정천이 떨떠름한 표정으로 더듬더듬 대꾸했다.

"조, 조금 전에 왔습니다."

재경이 물었다.

"저희가 이곳에서 접선하기로 한 사람이 바로……?"

중년인이 씩 웃으며 오른손의 엄지손가락만을 세워 자신을 척 하고 가리켰다.

"그래. 나 협왕 위수한이다."

†

현 강호무림을 이끌어가는 건 네 명의 권력자이다.

첫 번째가 강호무림의 절반을 차지한 오륜마교의 지배자 다섯 교주 중 유일하게 모습을 드러내고 활동하고 있는 막내교주, 잔악마령!

두 번째는 은거하여 잊혀 졌으나, 오 년 전 협륜문의 문주가 되어 다시 나타나 강호무림이라는 무대의 중심을 단숨에 차지한 권황 철리패!

세 번째가 그늘 속에 숨어서 정파무림의 주재하는 정파무림의 큰 어른, 진무하가의 태상가주 검성 하지후!

그리고 마지막이 제협회의 회주인 협왕 위수한이었다.

강호무림은 넓다.

넷이 가르기에 충분할 만하다.

하지만 정작 그 네 명은 그렇다고 여길 사람들이 아니다.

용은 여의주를 나누는 법이 없기 때문이다.

이 사람 중의 용이라 할 수 있는 사인은 언젠가 다른 셋을 짓밟고, 강호무림이라는 여의주를 독차지하게 될 날을 꿈꿀 것이다.

그가 누가 될까?

대부분의 사람들은 말한다.

해는 저물 때가 가장 붉지만, 가장 밝은 건 정수리 위에 올라 있을 때라고.

오륜마교의 잔악마령과 권황 철리패, 그리고 검성 하지후는 지는 해이다.

그들은 너무 오래 정점에 머물러 있었다.

그들의 영향력은 서쪽 지평선 너머에 걸린 해가 흩뿌린 노을처럼 화려하지만, 나이가 나이이니 만큼 곧 지평선 아래로 내려갈 것이다.

천마재생

그렇게 역사의 뒤안길로 사라지겠지.

그러니 아직 하늘의 중앙에 떠있는 해, 협왕 위수한이 최후의 승자가 될 것이다.

하지만 정작 당사자의 생각은 달랐다.

"개소리이지. 다 그 분 손바닥 안에서 놀고 있는데, 뭐."

협왕 위수한은 그렇게 말하며, 오른손의 검지로 코를 후비적거렸다.

건들건들 발을 떨며, 발가락을 꼼지락거린다.

그러다 갑자기 왼손에 쥐고 있던 술잔을 내려놓더니, 슬며시 처녀루의 루주의 가슴 쪽으로 뻗는다.

그 순간, 루주가 눈을 위로 세우며 외쳤다.

"더 뻗기만 해! 확 잘라 버릴.테니까!"

위수한은 슬그머니 왼손을 바닥에 내렸다.

이 사람을 누가 협왕 위수한이라고 여길까?

그저 나이를 헛먹은 한량으로만 보일 뿐이다.

그렇기에 협왕 위수한이라고 자신을 소개했음에도, 처녀루의 루주는 그저 농담으로 여기는 듯했다.

사내라는 것들은 그저 여자가 옆에 있으면 호기를 부리지 못해 안달이니, 그저 헛소리를 해댄다 싶을 거다.

"앵화(櫻花)야. 내 품에 안기면 앞으로 이 거리의 절반쯤은 너의 것이 될지도 몰라. 내가 위수한이라니까."

위수한이 답답하다는 듯이 하는 말에 루주는 콧방귀를 뀌었다.

"네, 네. 그제는 권황 철리패라던 분이 다녀가셨고, 어제는 오륜마교의 둘째교주 혈우마령이라는 분이 화대 일곱 냥을 떼먹고 가셨답니다. 그런데 오늘은 협왕 위수한 나리께서 납시셨네요. 와! 우리 처녀루, 정말 대단하지 않아요? 아마 내일쯤이면 황상께서도 납시지 않을까 싶네요. 그만 하라니까! 확 잘라버린다고!"

위수한은 그녀가 종알종알 떠드는 사이 다시 가슴을 노리고 뻗었던 손을 아쉽다는 듯 되돌리며, 하정천과 재경을 향해 히쭉 웃었다.

"앵화, 참 귀엽지 않냐? 확 덮칠까?"

루주가 뾰족이 외쳤다.

"덮치긴 누굴 덮쳐요! 그리고 앵화가 대체 누구야? 내 기명은 애향(愛饗)이라고!"

위수한이 소처럼 눈을 끔뻑였다.

"그럼 앵화는 누군데?"

"그걸 내가 어떻게 알아요!"

"그냥 네가 앵화해라."

"아, 진짜! 편하게 드세요!"

그러며 루주 애향은 벌떡 일어나 문을 열고 나가 버렸다.

천마
재생

아쉽다는 듯 입을 쩝쩝 다시며 문 쪽을 바라보던 위수한은 갑자기 진지한 표정을 지으며 하정천과 재경을 돌아보았다.

"어디까지 얘기했지?"

하정천이 바로 대꾸했다.

"아직 아무 얘기도 안하셨습니다."

"아, 그랬나?"

위수한은 민망한지 표정을 풀고 볼을 긁적거렸다.

그러며 가벼운 어투로 돌아와 말했다.

"너희 수라천마 그 양반이 이복순이라는 돼지에게 차여서 홧김에 천외비문에 선전포고를 한 건 아나?"

재경이 어색하게 웃으며 말했다.

"그 분께서 천외비문에 선전포고를 한 것만 알고 있습니다."

"그래? 절반만 아는 구나. 하여간 그래. 천외비문은 좆된 거지. 왜 가만있는 그 양반을 건드려서, 세상 흉흉해지게 만들어. 죽고 싶으면 어디 튼튼한 나무 하나 찾아서 가지에 동아줄 걸고 조용히 목을 매달던가. 안 그러냐?"

하정천과 재경은 아무 대꾸도 하지 않았다.

그게 마음에 들지 않는지 위수한은 쯧 하고 혀를 찼다.

"그 사이 더 재미없어졌구나. 이 녀석들아, 크려면 재미가 있어야 해. 재미가 있어야 주변에 사람이 모인다. 사람이 모여야 일이 생기지. 일이 생기면 일을 치르게 되고, 일을 치러야 또 사람이 생긴다. 그렇게 모이다 보면 사는 게 더욱 재밌어지지."

위수한이 한숨을 쉬었다.

"그런데 요즘은 재미가 없네. 참 재미가 없어, 에잉. 일이나 하러 가자."

그러며 벌떡 일어선다.

하정천이 물었다.

"무슨 일을 하면 됩니까?"

"어? 내가 아무 얘기 안했어?"

"네."

"그래? 별 일 아니야. 도적질이지."

"도적질이요?"

"그래. 지금부터 우리는 천외비문을 털 거야."

그러며 위수한은 문을 열고 나갔다.

하정천과 재경은 눈을 휘둥그레 뜨고 서로를 돌아보았다.

"천외비문을⋯⋯?"

"털어?"

천
마
재
생

천외비문은 있으되 없다.

어딘가에 분명 존재함은 알지만, 그곳이 어디인지 아는 이는 아무도 없기 때문이다.

그래서 천외비문, 즉 '세상 바깥의 비밀스러운 문파' 라는 이름이 붙은 것이다.

그들은 언제나 갑자기 나타나 홀연히 사라졌다.

그렇기에 그들의 정체와 어디서 나타나 어디로 사라지는 지를 찾아내려고 한 이들도 많았다.

하지만 천년동안 아무것도 밝혀낼 수가 없었다.

하기에 누군가 이리 말했다고 한다.

"그들은 다른 세상 속에 산다고 했던가?"

위수한은 입매를 비틀었다.

"다른 세상은 개뿔. 제가 능력이 없어서 찾아내지 못한 것을 포장하려는 것뿐이지."

그는 형하의 어지러운 밤거리를 거닐며 그렇게 말했다.

하정천과 재경은 조용히 그의 뒤를 따르며, 귀만 쫑긋 세웠다.

신기한 일이다.

위수한이 지나칠 때마다 형하 거리의 사내들이나 여인

들이 손짓이나 말을 걸며 아는 척을 해왔다. 마치 오랫동안 알고 지냈다는 듯이 자연스러웠다.

그리고 위수한은 그들의 인사를 당연하게 받고 있었다.

위수한은 이곳에 자주 찾았던 걸까?

그런 것 같지는 않았다.

그렇다면 뭘까?

어떤 자리에 놓더라도˚스스럼없이 어울리는 사람이 있다.

단 몇 시진을 함께 해도, 수십 년 동안 교분을 나누어온 지인처럼 막역해지는 사람이 있다.

그건 의도한다고 해서, 노력한다고 해서 되는 게 아니다.

그저 그렇게 되는 것이다.

위수한은 그런 사람인 것이다.

"천외. 세상 바깥은 어디일까? 너희는 생각해 본 적이 있느냐?"

위수한이 묻는 말에 하정천이 말했다.

"새외나 변방이 아닐까 합니다."

"정답이다. 우리는 우리가 살아가는 이 나라의 장성 너머를 천외라 부르며, 경원시하지. 그렇기에 틀렸다."

위수한은 고개를 들어 하늘을 올려다보았다.

그러며 손을 뻗는다.

"보아라, 저 하늘을. 하늘이 닿지 않는 곳이 있더냐? 하늘이 품지 못하는 곳이 있더냐? 하늘의 바깥이란 없는 게다. 그런데 그들은 천외에 있다고 한다. 왜일까?"

하정천과 재경은 고개를 들어 하늘을 바라보았다.

하늘에는 별이 가득했다.

반짝이는 별빛이 영롱하기만 하다.

이토록 아름다운 밤하늘은 오랜 만이었다.

왜 몰랐을까?

바로 이곳 형하라는 거리에 서 있기 때문이다.

이 형하라는 타락의 거리가 뿜어내는 현란한 불빛에 시선을 빼앗겼던 까닭이다.

재경이 속삭였다.

"그렇군요."

하정천이 거의 동시에 중얼거렸다.

"천외는 없는 거로군요."

위수한이 빙긋 웃었다.

"좋구나. 하나를 가르치면 딱 하나를 알아들으니. 아주 좋은 재능이야."

재경이 씁쓸히 웃었다.

"제가 우둔하여서."

위수한이 고개를 저었다.

"아니. 조롱함이 아니다. 너희의 재능이 정말 좋다고 여긴 것이야. 그래야 가르칠 수 있다. 간혹 하나를 가르치면 미루어 짐작하여 두서넛을 미리 아는 녀석들이 있지. 아주 간혹 무려 열을 깨닫는 녀석도 있어. 몹쓸 놈들이야. 당장은 월등히 나을 수 있지만 나중에는 오히려 못하다. 그 녀석이 무엇을 제대로 아는지 가르치는 사람이 알지를 못하기에 도태되고 마는 게야. 하나하나를 제대로 쌓아야 결국 높고 단단해질 수 있는 법이야."

재경과 하정천이 고개를 푹 숙였다.

"명심하겠습니다."

위수한이 가볍게 고개를 저었다.

"아니, 명심할 것까지는 없고. 그렇다고 내가 너희를 가르치기 위해 부른 건 아니니까. 어디까지 얘기했지?"

재경이 말했다.

"천외는 없다 하셨습니다."

하정천이 이어 말했다.

"천외가 없으니, 그들은 하늘 안에 머물고 있음이라 하셨습니다."

"그래. 천외비문은 바로 저 하늘 아래 있다. 우리와 함께 숨 쉬고 있어. 다만 보이지 않을 뿐이지. 보이지 않는 곳. 어디일까?"

재경이 말했다.

"볼 수 없는 곳입니다."

"그래 볼 수 없는 곳이다. 그렇다면 볼 수 없는 곳이 어딜까?"

위수한의 질문에 하정천이 대답했다.

"턱밑입니다."

재경이 이어 말했다.

"등일 수도 있고요."

위수한이 고개를 끄덕였다.

"그래. 세상의 턱밑과 등, 같은 곳이지. 천외비문은 그런 곳에 숨어 있다. 그렇다면 세상의 턱밑과 등은 어딜까? 묻자, 정한아."

하정천이 쓴웃음을 지으며 대꾸했다.

"정천입니다."

"그래, 정한아. 너의 턱밑과 등은 어디냐?"

"협륜문과 진무가겠지요."

위수한이 고개를 돌려 재경을 바라보았다.

재경은 머뭇거리다가 어쩔 수 없다는 듯 대답했다.

"황실과 대장군부입니다."

그 순간 하정천의 눈매가 꿈틀거렸다.

'역시 황실 쪽에 들어간 거냐?'

지난 오 년 동안 재경의 소식을 들을 수 없었던 이유를 이제야 확실히 알 수가 있었다.

내심 그럴지 모른다고 짐작하기는 했지만, 직접 들으니

나름 충격으로 다가왔다.

하정천이 아는 재경은 협자였다.

어렸기에 사고가 정리되지는 않았지만, 오직 대의와 협기만을 품고 행동했었다. 때문에 겉으로는 내색치는 않아도 내심 탄복하는 바가 있었다.

그런데 오 년이 지난 지금 황실의 개가 되어 나타나다니.

황실은 권력의 중추이다.

가장 더럽고, 음흉하며 추잡한 집단이다.

오직 권력을 유지하고 획득하기 위해 움직이는 곳이다.

그렇기에 무림인들은 황실을 혐오한다.

그런 곳에 발을 담다니.

뭔가 사정이 있었겠지만, 실망감을 지울 수는 없었다.

재경은 그런 하정천의 마음을 안다는 듯 씁쓸히 웃었다.

그 순간 위수한이 말했다.

"그래. 황실과 대장군부이다. 진무하가와 협륜문이다. 바로 그곳에 천외비문이 있는 거다. 아니, 모든 곳에 천외비문이 존재한다. 어찌 그럴 수 있을까? 천외비문이 뻐꾸기이기 때문이지."

"뻐꾸기라 하심은?"

"뻐꾸기는 둥지를 틀지 않지. 대신 다른 새의 둥지에 알을 낳아 대신 키우게 한다."

하정천과 재경의 눈이 커졌다.

"그 말씀은?"

위수한이 고개를 끄덕였다.

"그래. 존재하는 모든 세력에 천외비문의 문도, 비문전
인이 숨어있다. 비문전인은 그렇게 성장하고, 늘어난다.
더러운 짓이지. 천외비문이 협자들의 문파라고? 개소리.
놈들은 그저 뻐꾸기일 뿐이야. 우리의 둥지에 알을 낳고
키우게 한 것이지. 이 세상의 사생아일 뿐이야."

그러며 위수한은 음흉한 미소를 지었다.

"우리에게 보모 노릇을 하게 했으니, 그 값을 톡톡히 받
아야겠지?"

†

천외비문은 뻐꾸기다.

그리고 뻐꾸기는 둥지를 틀지 않는다. 다른 새의 둥지에
알을 낳아놓고 기르게 만든다.

그 말인즉슨 천외비문은 현 세상의 권력집단 속에 세작
을 심어 두었다는 것이다.

아니, 그런 수준이 아니다.

약탈이다!

준비된 후인들을 다른 권력집단 속에 심어두고 그들 안

에서 성장하여 최소한 해당 권력집단의 중진이나 어쩌면 권력집단의 주인으로까지 키운다.

그러면?

그 권력집단은 자신도 모르게 천외비문의 하위세력이 되는 것이다.

"더러운 짓이지. 하지만 교묘한 짓이야. 영리하기도 하고. 하지만 기발하지는 않아. 뛰어나지도 않고. 그런 짓을 더 잘하는 사람이 당대에 있거든. 누구인지는 다들 알지?"

위수한이 묻는 말에 하정천과 재경은 고개를 끄덕였다.

수라천마 장후!

그가 단시간에 전력을 갖추기 위해서 그와 유사한 방식을 자주 사용했다.

일례로 과거 집마맹과의 전쟁 시절, 수라천마의 오대세력 중 하나인 청지의 숨겨진 정체는 바로 정도제일의 가문인 진무하가였다.

그리고 지금은 오륜마교를 등 뒤에서 조종하고 있고, 협륜문의 문주 권황 철리패는 측근으로 받아들임으로써 지배할 뿐 아니라, 지금 바로 옆에 있는 협왕 위수한을 협박 혹은 거래하여 제협회에 대한 막강한 영향력을 발휘하고 있었다.

뿐만 아니라, 황실과 대장군부에도 상당한 지배력을 행사하고 있으며, 뒷돈을 대던 금적산을 키워 상계까지 독식했다.

겉으로 보이기에 현 세상은 다양한 권력집단이 교류와 견제를 거듭하며 아슬아슬한 평화를 유지하는 듯하지만, 내실을 파헤쳐 보면 수라천마 장후라는 절대자에 의해 씨실과 날실이 되어 천으로 엮여 있다고 봐야했다.

그건 이 시대의 정점에 가까운 지위에 이른 이들만이 알 수 있는 비밀 아닌 비밀이었다.

하정천은 협륜문의 소문주가 되면서 그러한 비밀을 알게 되었고, 놀라움과 함께 절망에 빠졌다.

이렇게 권력이라는 사다리를 타고 계속 오르다 보면 언젠가 이 세상을 굽어볼 수 있으리라 여겼는데, 오히려 수라천마가 깔아놓은 거미줄에 엮여 먹잇감이 되는 것뿐이구나 하는 생각이 들었기 때문이었다.

하정천은 재경에게로 고개를 돌렸다. 묻고 싶었다.

'넌 어땠느냐?'

재경은 그저 빙긋하고 미소를 지었다.

그의 미소는 순박한 아이의 무지함 같기도 하고, 모든 세파를 다 겪은 노인의 초탈함 같기도 하다.

대체 지난 오 년 동안 어떻게 살아왔기에 저런 미소를 가지게 된 걸까?

하정천은 치미는 호기심을 위수한의 목소리에 집중하기 위해 빠르게 흩어버렸다.

"하여간 천외비문은 이 세상 안에 있다. 모든 곳에 있지. 수라천마 그 양반도 마찬가지야. 그 역시 모든 것을 가지고 있지. 마치 한 배에서 나온 쌍생아같지 않느냐? 달리 보면 하나의 하늘을 낮과 밤으로 나누어 차지한 해와 달이라고 하겠지."

위수한의 말처럼 천외비문의 체제가 수라천마 장후의 방식과 유사하다면, 그렇게 여긴다고 해도 어색하지 않겠지.

"그러니 천외비문과 수라천마, 양자간의 전쟁은 예정되었다고 봐야해. 물론 공존할 수도 있었겠지. 서로 적당히 양보하고, 적당히 챙기고 했다면 말이야. 그런데 수라천마는 무슨 생각을 했는지 모르지만, 천외비문은 공존이 아닌 독존을 선택하여 수라천마를 공격했어. 실로 오만방자한 짓이지. 치려면 제대로 치던가. 쯧쯔쯔쯔."

갑자기 위수한이 표정을 굳혔다.

"이제 수라천마의 차례이다. 알지? 너희는 조금 알지? 그가 어떤지?"

재경과 하정천은 침을 꿀꺽 삼켰다.

그래, 아주 조금은 알았다.

차라리 몰랐으면 좋겠다 싶을 정도까지만…….

위수한의 목소리가 낮게 깔린다.

"문제는 말이야. 이 천외비문이라는 녀석들이 둥지는 없고, 이곳저곳에 분산되어 숨어 있다는 거야. 그러니 수

천마재생

라천마로써는 온 세상의 권력집단을 다 뒤집어 천외비문 놈들만 솎아내는 수밖에 없어. 그럼 어떻게 될까? 너희는 그려지냐? 난 그려진다."

위수한은 해도 두렵다는 듯 몸을 부르르 떨었다.

"최악의 경우 세상의 판을 새로 짜려고 하겠지. 어쩌면 이 나라의 이름이 바뀔지도 몰라."

재경이 선언하듯 말했다.

"그럴 수는 없습니다."

"그럴 수 있어. 그게 수라천마 장후야."

재경의 이를 악물고 주먹을 꼭 쥐었다.

하지만 하정천은 그런 것쯤이야 그다지 문제가 되지 않는다는 듯 사무적인 어조로 물었다.

"저변의 사정은 충분히 알겠습니다. 그러면 우리는 뭘 하면 됩니까?"

위수한이 어깨를 으쓱했다.

"간단해. 난 제협회, 넌 협륜문과 진무가, 그리고 이 녀석은 황실과 대장군부에 깃든 천외비문의 비문전인들의 솎아내는 거야. 그럼으로써 수라천마 장후의 칼을 피해야지."

하정천이 어이가 없다는 듯 한숨을 쉬었다.

"그게 간단한 일입니까?"

"어렵게 생각하면 어렵고, 쉽게 생각하면 쉽지. 명단만

구하면 되니까."

"명단은 어떻게 구하고요?"

"천외비문에게 달라고 그래야지."

그러더니 위수한은 휙 고개를 돌려 어딘가를 바라보았다.

그 자리에 돗자리를 깔고 앉아있는 점쟁이가 앉아 있었다. 얼핏 보아도, 이제 살아갈 날이 얼마 남지 않았다 싶을 정도로 비루하고 초췌한 노인이었다.

위수한이 노인을 향해 말했다.

"줄 거요?"

노인이 입을 쩍 벌려, 순박한 웃음을 그렸다. 그러며 말했다.

"어떻게 알았어?"

위수한이 씩 웃었다.

"그저 척 보면 알지요."

점쟁이 노인의 입이 더욱 크게 벌어졌다.

"흘흘흘흘흘. 점은 내가 아니라 당신이 봐야겠구려."

위수한이 재경과 하정천을 돌아보며 말했다.

"인사해라. 천외비문의 인문주시다."

재경과 하정천의 눈이 커졌다.

협왕 위수한.

그리고 천외비문의 삼인자인 인문주.

이 두 사람이 만났다.

그렇다면 그 자리에서 나올 대화는 아주 중대할 것이다.

수천 명의 목숨이 오락가락할 한 마디를 서슴없이 던질 것이며, 수 만 명의 미래를 뒤바꿀 음계와 모략이 오고 갈 것이다.

그렇기에 그들이 대화를 나눌 자리는 은밀해야 했다. 그 누구도 듣고 보지 못할, 세상에 그러한 곳이 있을까 싶을 정도로 알려지지 않은 장소여야 마땅했다.

그런데 이건 뭔가?

위수한과 인문주는 이 세상에서 가장 화려하고, 가장 사람이 많이 오간다는 거리, 형하의 대로 구석에 마주 앉아 있었다.

상식적으로 말이 되지 않는 상황이었다.

하지만 상식적이지 않기에 눈길을 끌지 않았다.

생각해보라.

누가 이런 곳에서 위수한과 인문주가 회담을 가질 것이라고 여길까?

만약 위수한의 얼굴을 아는 사람이라고 해도, 그저 착각이라고 여기고 지나칠 것이었다.

그래.

그러니, 이 형하라는 거리의 구석자리야말로 이 세상에서 가장 은밀한 장소인지도 모르겠다.

하정천은 그런 결론을 내렸다.

그리고 재경 역시 마찬가지였다.

위수한이 말했다.

"명단 주시겠소?"

인문주는 대꾸치 않고, 그저 함박웃음을 지었다.

위수한이 다시 말했다.

"주시오. 명단."

그러며 손을 내밀어 흔든다.

마치 시정잡배가 행상인에게 보호비를 달라며 때 묻은 돈 몇 푼을 뜯어내는 듯하다.

그 행동이 어이없는지 인문주의 말문을 트였다.

"맡겨놨소?"

"우리 쉽게 갑시다. 명단 주시오. 그럼 우리는 빠지겠소. 대장군부와 협륜문 역시도 그러기로 합의를 보았소."

"당신들이 빠진다고 해서 우리 천외비문에 좋을 게 뭐가 있다고? 어차피 그 나물에 그 밥인데 약속은 또 어찌 믿고? 차라리 아이들에게 들고 일어나게 해서, 당신들을 움직이지 못하게 만드는 편이 낫지 않겠소?"

천
마
재
생

위수한이 엄숙한 표정으로 말했다.

"나 협왕 위수한이외다."

그러자 인문주가 고개를 끄덕였다.

"아오. 당신이 살아남기 위해서라면 무슨 짓이라도 한
다는 철면호리 위수한이라는 거."

위수한이 씩 웃었다.

"그래서 못 주시겠다?"

"당신들 살아남겠다는 거 말고, 우리에게 좋을 게 뭐가
있냐는 거외다."

위수한이 빙긋 웃었다.

"내가 당신을 어찌 찾아왔을까?"

인문주가 말했다.

"나야 모르지요."

"아니. 모를 리가 없지. 그저 나를 병신취급해도 되나
하고 간이나 좀 보자, 이건가 본데. 뭐 모른다니 그냥 들어
나 보시오. 평소에는 드러나지도 않던 밑에 것들이 갑자기
수상쩍은 일을 하더니, 비문전인이네 어쩌고 하더이다. 그
래서 잡아두고 물 좀 과하게 먹이고, 손톱 좀 깔끔하게 손
질해 주었더니, 바로 이곳을 불더구려. 이상하지 않소?"

인문주가 고개를 끄덕였다.

"이상할 수도 있겠군요."

"이럴 거면 왜 불렀소? 이렇게 황실 놈도 데려오고, 협

륜문 녀석도 데려왔지 않소. 판 깔아주었으면, 시간 끌지 말고 좀 패나 돌립시다."

인문주가 별 수 없다는 듯 한숨을 쉬었다.

"맞소. 내가 당신을 불렀소. 당신이라면 대화가 좀 통할 것 같기에 그랬소."

"그럼 대화 좀 합시다. 명단부터 주고."

"못 드리오."

위수한이 벌떡 일어났다. 그러며 재경과 하정천을 향해 말했다.

"애들아, 일 끝난 것 같구나. 기루나 가자."

인문주가 외치듯 말했다.

"수라천마와 중재를 해주시오. 부탁드리오."

위수한이 귓구멍을 파며 물었다.

"뭐라고요?"

"중재를 부탁드리외다."

그러며 인문주는 깊이 절했다.

위수한은 가만히 그의 뒤통수를 내려보다가, 재경과 하정천 쪽으로 휙 고개를 돌렸다.

"애들아. 어느 기루로 갈까? 아까 거긴 별로였지?"

인문주가 외치듯 말했다.

"위수한! 협자들의 왕! 협의에 살고, 대의에 죽는 자! 맞소?"

279

위수한은 고개를 갸웃거렸다.

"뭐 그런 얘기를 듣기는 하지요."

"우리 천외비문 역시 같소! 우리 천외비문 역시 협의에 살고 대의에 죽소! 수라천마 장후를 급습한 건 우리 전체의 의지가 아니라, 지문주 황무결 일파의 독단에 불과할 뿐이외다!"

"아. 그랬군요. 그런데요?"

"우리는 적이 아니오. 우리는 함께 해야 할 이웃이며, 어쩌면 함께 싸워 나가야할 동료일 수도 있소. 그러니 회주께서 수라천마를 설득해주시오."

"내가 왜?"

인문주가 고개를 치켜세우며, 목에 핏줄을 세워 외쳤다.

"회주! 이건 대의를 위함이오!"

위수한이 코웃음 쳤다.

그러더니, 인문주의 앞에 쪼그려 앉았다.

그리고 인문주와 눈높이를 맞추어 마주보며 속삭이듯 말한다.

"당신이 대의가 뭔지 알아?"

인문주는 대꾸치 않고 위수한을 노려보았다.

위수한이 다시 물었다.

"당신이 협의가 뭔지 알아?"

여전히 인문주는 대꾸치 않았다.

위수한이 피식 웃었다.

"나는 알아. 당신들이 백 년 동안 침묵하고 있을 때, 집마맹이 이 땅을 지배했을 때, 수라천마가 피와 시체를 쌓으며 그들과 대적했을 때, 그리고 오 년 전 악마사원의 자은마맥이 집마맹이랍시고 세상을 도모하려 했을 때, 난 있었다. 난 싸웠지. 이 세상을 위해서 말이야. 이건 비밀인데, 내가 좀 겁이 많아. 좀 소심하기도 하고. 그다지 욕심도 없지. 아, 성욕만 빼고. 그러니 누울 자리가 있고, 계집질할 만 한 돈과 체력만 있으면 더 바라는 것도 없어. 그런데, 자꾸 이 놈이 이러라고 한단 말이지."

위수한이 자신의 심장부위를 움켜쥐었다.

"이게 자꾸 이러라고 해. 뜨겁게 살라고 그런단 말이야. 그게 사는 거라고. 혹여 그러다 죽어도 그게 진짜 사는 거라고. 그래서 그렇게 살았어. 그 무서운 집마맹에 싸움을 걸고, 그보다 무서운 수라천마에게 대적하기도 하고, 자은마맥과 들러붙고, 조금만 방심하면 나락에 떨어질게 분명히 아는 대도 그렇게 위태위태하게 살았어. 지금은 다른가? 여전히 그렇게 살고 있지. 당신과 이렇게 만난 걸 알면, 수라천마가 날 가만 둘 것 같아? 그 양반, 내가 잘은 몰라도 조금은 알지. 한 번 나한테 묻기는 할 거야. 왜 그랬냐고. 다만, 내 시체에 대고 묻겠지. 참 친절한 분이라니까, 젠장."

침을 한 번 툭 뱉은 후, 위수한은 벌떡 일어나며 말했다.

"협이 무엇인지 알려줄까? 내가 협이다. 대의가 뭔지 알려줄까? 내가 대의이다. 끈질기게 살아남아야 하는 게 협이다. 당장은 지더라도, 비겁하다고 모욕을 당하더라도, 끝내 이겨내고 마는 게 대의다! 그렇게 앉아서 사정이 있으니, 본의가 아니니, 그런 줄 알고 중재나 해달라고? 그냥 죽어. 시끄럽게 굴지 말고. 협을 지켜야 해? 걱정 마라. 그건 너희 것이 아니다. 너희가 천년의 협문인지 모르나, 백년 이래 협이라는 한 글자를 짊어진 건 바로 나 위수한이니까!"

인문주가 가만히 위수한을 바라만 보았다.

화가 난 듯이 열을 올리던 위수한은 갑자기 돌변해 씩 하고 웃었다.

"자, 그럼 만나서 반가웠소. 그럼 잘 죽으시오."

돌아서려는 위수한에게 인문주가 힘없이 속삭였다.

"살려주십시오."

휙 소리가 나더니, 어느새 위수한이 인문주의 앞에 가부좌를 튼 채, 앉아있었다.

위수한이 눈을 부릅뜨고 말했다.

"이제야 대화가 될 것 같구려."

인문주가 고개를 푹 숙이며 말했다.

"우리를 살려주시오. 부탁드립니다, 회주."

"자, 이제 제대로 이야기를 나누어 봅시……, 이런 쓰벌."

그러며 위수한은 갑자기 휙 고개를 돌렸다.

대체 왜일까?

인문주 역시 굳은 얼굴로 위수한이 바라보는 곳으로 시선을 돌렸다.

뒤이어 재경과 하정천 또한 천천히 같은 방향을 향해 고개를 꺾었다.

휘황찬란한 형하의 밤거리, 수많은 사람이 어깨를 부딪치며 오고가는 대로의 중심에 한 사내가 홀로 멈춰 서 있었다.

오직 사내의 주변만은 어둡다.

어째서인지, 사내의 근처로는 형형색색의 불빛이 접근하지 못하고 있었다.

그게 어색해야 하는데, 당연하다 싶기만 하다.

위수한이 침을 꿀꺽 삼킨 후, 갑자기 환하게 웃으며 말했다.

"여기까지 웬일이십니까? 하하하하핫. 그간 안녕하셨습니까?"

뚜벅, 뚜벅,

사내가 걸어온다.

어둠이 옅어지며, 사내의 용모가 드러났다.

천마
재생

이제 스물을 좀 넘었을까 싶은 건장한 체격의 청년이었다.

준수할 뿐만 아니라, 서글서글한 눈매로 인해 호감이 가는 인상이었다.

하지만 사내의 정체를 안다면, 호감은커녕 흉신악살을 마주한 것처럼 당장 몸을 돌려 달아날 것이다.

오륜마교의 둘째교주 혈우마령!

인상 좋아 보이는 젊은이의 정체였다.

그가 이 자리에 나타나다니!

우연일 리가 없었다.

혈우마령이 지금 이 자리에 서 있다는 건, 다 알고 나타났다고 봐야 했다.

아니나 다를까, 이다.

혈우마령이 말했다.

"큰 형님께서 말씀하시더라. 네 녀석을 따라가면, 오늘쯤 천외비문의 인문주를 만날 수 있을 거라고 말이야. 딱이네. 내 형님이지만 정말 대단하셔. 그렇지 않은가?"

위수한이 미소를 유지한 채, 한숨처럼 속삭였다.

"그 분은 뭘 그렇게 다 알고 그러냐. 에휴."

NEO ORIENTAL FANTASY STORY

第九十九章.

얘기 중이잖소

第九十九章.

얘기 중이잖소

　사람이란 더는 물러날 수 없는 벼랑 끝에 몰리게 되었을
때 비로소 본래의 얼굴이 나온다.

　그때 자신의 얼굴이 어떠한 모습을 하고 있을지는 본인
조차 모른다.

　생쥐처럼 비굴할 수 있다.

　혹은 사자처럼 용맹할 수 있다.

　하지만 평소와 같을 수는 없다.

　만약 그럴 수 있다면, 그건 지금 서 있는 자리가 아직 벼
랑 끝이 아니라는 확신이 있기 때문이겠지.

　위수한이 그랬다.

　"굳이 둘째 교주님께서 저를 쫓아오실 필요까지 있으셨

겠습니까? 제가 다 알아서 정리한 다음, 고스란히 가져다
바쳤을 텐데요. 허허허허허."

간사하다.

그리고 비굴하다.

이 사람이 바로 현 강호무림의 대표하는 권력자 중 일인
이며, 협의 왕이라고 불리는 거인이 맞는가 싶다.

하지만 그 누구도 지금의 모습이 위수한의 본래 모습이
라고는 믿지 않았다.

겉으로 드러나는 위수한의 행태는 언제나 치졸하고 보
잘 것 없었지만, 그가 이루어낸 역사는 경이롭고 위대하
다.

현재의 모습이란 감정과 상황에 따라 순간마다 바뀌곤
하지만, 그 사람이 살아오며 남긴 행적이란 일관성을 가진
다.

그렇기에 누군가에 대해 제대로 알려면 그 사람이 지나
온 과거를 들춰 보는 게 옳다.

위수한.

그의 행적은 위대하다.

그러니 그는 위대한 사람이다.

지금 보이는 비굴한 모습은 가면일 뿐이다.

이 자리에 있는 사람 중 그 정도를 꿰뚫어 보지 못하는
사람은 없었다.

웃는 낯으로 다가오는 혈우마령이 그럼 그렇지 라는 듯 고개를 끄덕였다.

"역시 자네답네. 그럼 그래야지. 하지만 큰 형님께서는 자네가 꼭 그리 말할 줄 알고 이런 말씀을 전하라 하셨다 네."

위수한이 어색하게 웃었다.

"뭐라셨습니까?"

혈우마령이 표정을 지우더니, 남장후의 평소 목소리를 흉내 낸답시고 목소리를 낮게 깔아 말했다.

"개수작 떨지 마라."

순간 위수한이 몸을 부르르 떨었다.

그러자 혈우마령이 다시 평소의 웃는 표정으로 돌아와 말했다.

"어때? 비슷했나?"

"그러지 마십시오. 쌀 뻔 했습니다."

"하하하하하핫. 연습 좀 했지. 하여간 여기까지만 하게. 자네도 알다시피 큰 형님께서는 천외비문에 전쟁을 선포 했네. 또 사네도 알다시피 선생을 시삭할 때 선설되어야 부분 중 하나가 적과 아군을 선별하는 것이라네. 자넨 지 난 오 년 동안 우리의 동료였네. 하지만 큰 형님께서는 앞 으로도 동료일지는 오늘 자네가 하기에 달렸다 하시더군. 적이 될 텐가?"

혈우마령이 눈을 얇게 좁혔다.

"큰 형님의 적이 된다는 게 어떤 의미인지는 잘 알지?"

위수한은 침을 꿀꺽 삼켰다.

"잘……, 알지요."

"그러니 인문주를 넘기고 물러나게. 자네가 원하는 명
단은 내가 책임지고 받아 줌세. 우리가 그런 일은 더 잘해.
우리 깔끔하게 가세나."

위수한이 천천히 고개를 돌려 인문주를 바라보았다.

인문주는 가만히 위수한을 마주 보았다. 그러더니 갑자
기 입을 쩍 벌리더니, 순박한 웃음을 그렸다.

"흘흘흘흘흘흘. 뭐 어쩌겠습니까? 이렇게 된 것을."

위수한은 어색한 미소를 지었다.

"제게 하고픈 말이 있으시오?"

"많았는데, 이제는 없습니다."

"그렇습니까?"

그러며 인문주는 허리를 툭툭 두들기며 혈우마령 쪽으
로 몸을 돌려 걸어갔다.

"자, 그럼 저는 갑니다."

혈우마령이 가만히 서서 다가오는 인문주를 찬찬히 훑
어보았다. 그건 이제 막 잡은 황소를 어떻게 가르고 자를
까를 고민하는 백정의 눈빛이었다.

그때였다.

위수한이 슬며시 혈우마령 쪽으로 고개를 돌리며 말했다.

"잠깐만요."

인문주에게 고정되어 있던 혈우마령의 눈동자가 살짝 옆으로 돌아가 위수한을 향했다.

"왜 그러는가?"

"잠시만 시간을 주시면 안 되겠습니까? 인문주와 하던 이야기가 조금 있었는데, 그것만이라도 마무리 지었으면 합니다."

혈우마령이 빙긋 웃었다.

"알지 않는가? 우리는 시간을 주고 그런 사람들이 아니네."

위수한이 혈우마령에게 다가가며 애원하듯 말했다.

"알지요, 알다마다요. 하지만 둘째교주님. 우리 사이이니 그 정도는 괜찮지 않습니까? 딱 일각, 아니 반각만 주십시오."

혈우마령의 눈매가 얇아졌다.

"자네에게는 더더욱 안 되지. 우리 사이니까."

위수한이 한숨을 길게 내쉬었다.

"정말 안 되겠습니까?"

혈우마령이 잠시 그를 노려보더니, 스르르 입을 벌렸다.

천마재생

"우리의 적이 될 셈인가? 그게 자네의 선택인가? 자네로 끝나는 게 아니야. 자네에게 걸린 모든 것이, 자네가 사랑하고 자네를 사랑하는 모든 이들이 우리의 먹잇감이 된다는 거야. 아무도 빠져 나가지 못해. 그래도 해볼 텐가?"

위수한이 침을 꿀꺽 삼켰다.

갑자기 혈우마령이 입을 쩍 벌리더니, 지금껏 본 적이 없는 크고 환한 미소를 지었다.

"사견으로, 나는 자네가 그런 선택을 해준다면 아주 고마울 것 같네."

위수한이 고개를 푹 숙였다.

그러더니 부들부들 몸을 떤다.

"무섭다. 오줌 쌀 것 같네."

그의 속삭임은 농담이 아님을 알려주겠다는 듯 파르르 떨렸다.

어느 순간 위수한이 몸이 뚝 멎었다. 그리고 한 숨처럼 한 마디를 속삭였다.

"좀 싸지 뭐."

휙 고개를 들어올린다.

그리고 혈우마령을 노려보며 우렁차게 외쳤다.

"내가 아직 나눌 이야기가 남았다 잖아!"

거리에 오가던 사람들이 일제히 멈춰 섰다. 아니, 무릎을 굽혔다. 그리고 바들바들 몸을 떨었다.

지금 이 순간 위수한이 뿜어내는 위엄과 기세 때문이었다.

위수한이 허리를 세우고 어깨를 넓게 폈다.

그러자 이 형하라는 거리에 오직 그만이 서 있는 것만 같았다.

아니, 이 세상 위에 오직 그 만이 두 발로 버티고 서 있는 듯하다.

혈우마령이 눈을 얇게 좁혔다. 그러며 어깨를 피고 고개를 세웠다.

그러자 이 세상 위에 홀로 서 있는 위수한의 앞에 그가 모습을 드러내는 듯했다.

"지난 오 년, 즐거웠네."

"난 별로."

스윽.

위수한이 사라졌다.

퍼퍼퍼퍼퍼퍼퍼퍼퍼퍽!

화포 소리이지 않을까 싶을 정도로 커다란 타격음이 연거푸 울려댔다.

혈우마령의 앞, 사라졌던 위수한이 나타나 주먹과 발을 마구 휘둘러대고 있었다.

"하압!"

기합소리와 함께 위수한이 크게 주먹을 내질렀고, 얻어

맞은 혈우마령이 시위를 떠난 화살이 되어 일직선을 그리며 뒤로 날아갔다.

콰아아아아아앙!

혈우마령이 날아간 방향에 위치한 건물이 터져 나갔고, 흙먼지가 구름처럼 피어올랐다.

위수한은 바로 인문주 쪽으로 몸을 날리더니, 그의 팔을 붙잡고 외쳤다.

"가면서 얘기합시다!"

인문주가 물었다.

"어디로?"

"어디든!"

휘이이이익!

두 사람은 몸을 날렸고, 재경과 하정천이 동시에 그림자처럼 그 뒤를 쫓았다.

잠시 후, 흙먼지를 가르며 한 사내가 걸어 나온다.

혈우마령이었다.

그는 위수한이 날아간 방향을 노려보며 빙긋 웃었다.

"어디든 상관없지."

휘익.

그가 몸을 날렸다.

동시에 이곳저곳에서 수십 개의 검은 그림자가 튀어나와, 혈우마령의 뒤를 따랐다.

294 10

✝

"망했다, 망했다, 망했다, 망했다. 으으으으으으."

위수한은 계속 그렇게 중얼거리며 형하의 뒷골목을 바람처럼 누볐다.

바로 곁에 붙어서 달리는 인문주가 물끄러미 그의 옆 얼굴을 바라보았다.

바라보는 시선 속에 담긴 감정이 복잡하다.

위수한은 인문주의 시선 따윈 느껴지지 않는지, 계속 주변을 두리번거리며 중얼거렸다.

"망했다, 망했다, 망했다, 망했다. 아! 안가(安家)가 어디더라? 젠장, 지도를 제대로 살펴봤어야 했는데."

안가란, 비밀유지를 위하여 각 지역마다 준비해둔 은밀한 가옥을 뜻한다.

지금 위수한은 제협회가 이곳 형하에 만들어둔 안가를 찾으려는 모양이었다.

바로 뒤에서 따르던 재경이 말했다.

"저희 쪽 안가로 가시죠. 안내하겠습니다."

거의 동시에 하정천이 말했다.

"저희 진무하가도 이곳에 안가를 두 곳 마련해 두었습니다. 협륜문에서 만들어둔 안가도 하나 있습니다."

위수한이 콧방귀를 뀌었다.

천마재생

"그 분이 거기라고 모를 것 같으냐? 너보다 잘 알 거다."

하정천이 물었다.

"그럼 지금 가려는 안가 역시⋯⋯."

위수한이 씩 웃었다.

"거긴 모르지. 제협회의 안가가 아니라, 내가 개인적으로 마련한 안가거든. 혹시 며칠 여유 생기면 와서 여자 몇 데리고 뒹굴려고 만들어 놓은 건데, 아까워라. 젠장. 어?"

갑자기 위수한의 발길이 느려졌다. 뭔가를 보았다는 듯 눈이 커졌다.

그러더니, 인상을 잔뜩 구기며 중얼거렸다.

"들켰네, 젠장. 으아! 그건 또 어떻게 안 거야! 뭘 그렇게 다 알고 그러냐. 진짜!"

위수한은 머리를 마구 헝클어트리며 휙, 방향을 틀어 달려갔다.

그때, 지금껏 침묵하고 있던 인문주가 말했다.

"왜요?"

위수한이 힐끔 그를 돌아보았다.

"뭐가 왜냐는 거요?"

"왜 그러신 거요? 저를 인계했으면 되지 않소?"

"나도 그러고 싶었지."

"그럼 그러지 그랬소. 대체 왜 그런 거요?"

위수한이 툭 뱉었다.

"살려달라며."

"뭐요?"

위수한이 버럭 소리 질렀다.

"당신이 살려달라며!"

인문주가 어이없다는 듯 입을 쩍 벌렸다.

"단지 그 이유 때문이오?"

이번엔 위수한이 어이가 없다는 듯 입을 쩍 벌렸다.

"그럼 또 뭐가 있겠소? 억울하다며? 중재 좀 해달라며? 살려달라며?"

살려달라고 하면, 살려준다.

억울하다고 하면, 억울함을 풀어준다.

그게 바로 협자이다.

그게 협자로써의 근간이다.

하지만 위수한과 같은 권력자 중에 그 근간을 지키는 사람이 몇이나 될까?

지키려 해도 지킬 수 없다.

천년의 협문이라 불리는 천외비문조차도 그럴 수 없다.

인문주는 입술을 지그시 깨물었다. 그러더니, 어딘가로 시선을 휙 돌리며 말했다.

"저희 안가로 갑시다. 그곳이라면 들키지 않을 거요."

아무리 수라천마 장후라고 하여도 아직 천외비문에 대해서는 다 파악하지는 못한 것이 분명했다.

천마재생

아니라면 인문주를 스스로 찾아냈지, 굳이 혈우마령에게 위수한을 추적하라는 명령을 내렸을 리가 없었다.

그러니 천외비문의 안가는 아직 들키지 않았을 가능성이 높았다.

위수한이 버럭 소리 질렀다.

"그걸 왜 이제 말하시오!"

인문주가 변명하듯 말했다.

"사정이 있어서 그랬소이다."

"사정? 일이 이렇게 된 마당에 당신 사정이 그렇게 중요해?"

"그게……. 어찌되었건 가봅시다. 거기라면 반나절 정도는 숨어 있을 수 있을 거요."

그러며 인문주는 먼저 달려 나갔다.

그 뒤를 위수한이 투덜투덜 거리며 쫓았고, 재경과 하정천은 담담한 표정으로 말없이 이어 달렸다.

인문주를 따라 도착한 곳은 그리 멀지 않았다.

마당도 없는 삼각형의 협소한 공간이었는데, 좌우 면에는 기루가 후면에는 도박장이 붙어 있었다.

문도 없었다.

몇 개의 건물을 지나쳐야만 안가로 들어가는 지하통로로 들어설 수가 있었다.

"여기요."

그러며 인문주는 털썩 주저앉았다.

위수한은 주변을 둘러보며 말했다.

"반나절은 무리고 두 시진 정도는 견딜 수 있겠구만. 안 가는 여기뿐이오?"

인문주가 말했다.

"다섯 곳이 더 있소."

"그럼 하루는 버틸 수 있겠어. 자, 그럼 얘기 좀 해봅시다. 이제 우리는 한 배를 탄 거나 다름없소. 그 분을 설득하지 못하면, 당신뿐만 아니라 나도 끝장나는 거요. 그러니 설득할 꺼리를 만들어야 해."

"어쩌면 되겠소? 내 목을 따서 내주면 되오?"

위수한이 콧방귀를 뀌었다.

"아니. 당신 목 가지고는 어림없지. 천외비문의 진정한 주인인 천문주 목이라면 모를까."

그러자 인문주는 크게 고개를 끄덕였다.

"그럽시다."

위수한의 눈이 커졌다.

"뭐요?"

"그럽시다. 천문주의 목, 땁시다. 도와주시오."

위수한의 눈매가 얇아졌다.

"뭐요, 대체?"

"내가 사정이 있다고 하지 않았소?"

"내분?"

인문주가 한숨을 푹 쉬며 고개를 저었다.

"하아. 내분 정도가 아니지요."

"그럼 갈라섰다?"

"갈라선 정도도 아니오."

"그럼……?"

그때였다.

쾅쾅쾅쾅!

삼면의 벽이 무너져 내리며, 일단의 무리가 튀어 나왔다.

청의와 백검.

천외비문의 비문전인을 상징하는 복장이었다.

그들은 인문주를 향해 검을 세웠고, 그들 중 하나가 목청이 터져라 외쳤다.

"변절자! 이곳에 나타날 줄 알았다!"

그러자 인문주가 신음을 흘렸다.

"흐음. 이곳까지 들켰을 줄이야."

위수한이 자신들을 에워싼 비문전인들을 둘러보며 속삭이듯 말했다.

"뭐가 어떻게 된 거요?"

인문주가 한숨을 내쉬었다.

"하아아. 그래서 내가 사정이 있다지 않았소."

위수한도 그와 비슷한 한숨을 내쉬었다.

"하아아, 그러니까 그 사정이 대체 뭐냐고요."

†

가진 자는 서두르는 법이 없다.

모든 것을 이미 손아귀에 쥐고 있기에, 혹은 손만 뻗으면 당장 원하는 것을 집어들 수 있기 때문이다.

그러니 가진 자는 기다릴 줄 안다.

기다림을 즐길 줄 안다.

여유라는 미덕을 안다.

그건 강자만이 가질 수 있는 훈장과도 같은 것이다.

지금 혈우마령이 보이는 모습이 그랬다.

뒷짐을 쥔 채 걷고 있는 그의 모습은 산책을 나선 사람처럼 여유로웠다.

어수선하고 더러운 형하의 뒷골목이 신기하다는 듯 이곳저곳을 기웃거리기까지 했다.

도망친 위수한에 대한 추적을 포기한 걸까?

아니다.

혈우마령의 주변, 수십여 개 그림자가 지금 이 순간에도 땅바닥과 주변을 살피며 위수한이 지나간 흔적을 찾고, 나아간 방향을 가리키고 있었다.

그림자 중 하나가 혈우마령에게로 다가왔다.

평범한 외모의 사내였다.

다만 왼눈이 있어야 할 자리에 눈동자 대신 두껍고 흉측한 흉터가 들러붙어 있었다.

그 위에 새빨간 색으로 '풍(風)'이라는 글자 하나가 쓰여 있다.

그가 바로 추종과 요인암살을 목적으로 만들어진 단체, 풍음십팔인 중 제일인자, 풍음대인(風飮大刃)이었다.

풍음대인이 고개를 푹 숙이며, 사무조로 말했다.

"시간상으로 일각이면 잡을 수 있습니다. 원하신다면 반각 안에 위수한의 뒤통수를 보실 수 있을 겁니다."

혈우마령이 특유의 부드러운 미소를 지었다.

"뭐가 그렇게 급해. 쉬엄쉬엄 가자꾸나."

"하지만……."

"어차피 지금 그 여우 녀석은 지금 아주 곤란한 상황에 처해 있을 거야. 그러니 충분히 곤란해 할 수 있게 천천히 가도록 하자."

풍음대인은 하나 뿐인 눈을 살짝 좁혔다.

그의 모습에 혈우마령의 미소가 짙어졌다.

"해이하다 싶으냐? 일은 열심히 한다고 해서 성사되는 게 아니야. 제대로 해야 이루어지는 거지. 자, 시간도 많은데 가는 동안 이야기나 좀 할까? 우리는 천외비문과 전쟁을 벌이고 있다. 그렇지?"

"네. 그런 줄 알고 있습니다."

"그럼 적을 알아야 적을 이길 수 있을 터. 우리의 적, 천외비문이 어떠한 녀석들인지 먼저 알 필요가 있을 게야. 너는 놈들에 대해 아는 게 있느냐?"

"상부에서 배본한 기밀문서를 숙지하고 있을 뿐입니다."

"기밀문서?"

"삼교주님께서 작성하시어, 배본하시었습니다. 도합 칠 등급으로 나뉘었는데, 저는 그 중 삼등급 문서를 받을 수 있었습니다."

"그래? 뭐라고 쓰여 있더냐? 요약해보아라."

"천외비문은 크게 천지인 삼문으로 나뉜다. 천문은 그들이 대적하는 비밀세력과의 전투임무를 맡는다. 지문은 천내, 즉 세속의 일에 개입한다. 즉 비문전인이라 불리는 이들이 바로 지문에 해당한다. 그리고 인문은 천문과 지문의 활동지원 및 체제유지를 위한 기반이다. 그 중 천문은……."

혈우마령이 마음에 들지 않는다는 듯 혀를 차서 그의 말을 끊었다.

"쯧쯔쯔. 뭘 그렇게 어렵게 썼는지……. 월야답구나. 내가 알아듣기 쉽게 설명해주지."

천마재생

혈우마령은 잠시 생각을 하더니, 히쭉 웃은 후 말했다.

"이렇게 말하면 되겠군. 천문은 뒷방에 앉아 주는 밥이나 챙겨먹고 세월 가는 걸 노래하는 노인네이고, 지문은 일은 안하고 밥만 축내며 싸움질만 해대는 한량이고, 인문은 홀로 일하며 시아버지와 남편을 부양하는 아녀자이지. 어때? 알아듣기 쉽지?"

풍음대인은 고개를 끄덕였다.

"그렇군요. 아주 잘 알 것 같습니다."

"왜? 자네 집안이 그런 분위기였나?"

"그랬었습니다. 제 아비가 일 좀 하라며 다그치던 어미와 말리는 조부님을 때려죽이기 전까지는요."

혈우마령이 눈살을 찌푸렸다.

"저런. 안 되었군. 그래도 자네는 용케 살았구만."

"저만 살았습니다. 한쪽 눈과 바꾸어서요."

"자네 아비는?"

풍음대인은 대꾸하는 대신 씁쓸한 미소를 그렸다.

혈우마령이 손을 뻗어 풍음대인의 어깨를 가볍게 두들겼다.

"잘 했어. 그럴 때 쓰라고 눈이 두 개 달린 거야."

"그렇습니까? 처음 알았습니다."

"이제라도 알았으면 되었지. 하하하하핫."

풍음대인의 표정이 부드럽게 풀렸다.

마귀나 괴물이라 불리며 험난하게 홀로 살아왔던 인생 길이다.

계속 그렇게 살다가, 눈먼 칼에 찔려 황야 속에 쓰러지는 게 자신의 최후라고 여겼다.

그런데 이렇게 누군가와 함께 어울려 살 수 있게 되다니.

신기할 뿐이었다.

지금 이 순간이 즐겁다.

이 작전을 수행하는 도중에 죽는다고 하여도, 조금도 아쉬울 것 같지 않았다.

오히려 도움이 되지 못하여 죄송한 마음만 안고 가겠지.

혈우마령이 그의 어깨를 두들기던 손을 내려 다시 뒷짐을 쥐고 말했다.

"어찌 되었든, 천외비문이 그래. 자네 집안과 똑같은 일이 벌어지고 있지. 지문은 인문과 사전에 동의를 구하지 않고 독단적으로 우리를 적으로 규정하고 급습을 감행했지. 천문과는 말이 있었던 모양인데 일이 이렇게 되니 발 빼고 있는 모양이야. 결국 인문이 큰 형님의 분노를 모조리 받아내야 할 입장에 처한 거지. 때문에 인문은 우리에게 자신들의 사정을 설명하고 화의(和議)를 청하자고 제안했는데, 사고를 친 지문은 결코 물러설 수 없다는 입장을 고수하고 있고, 천문도 한 번 해보자는 모양이야. 그래서

305

인문은 따로 움직이기로 결정한 듯해. 그래서 우리와의 중재를 위해 나서 줄 만한 인물, 위수한을 만나 자리를 주선해 달라 청하려 했던 거지. 그런데 말이야. 우리도 마음에 안 드는 짓거리를 지문이나 천문이 두고 볼까?"

그제야 알겠다는 듯 풍음대인이 고개를 끄덕였다.

"그렇군요."

"그래. 저기 무슨 일이 벌어지고 있을 지는 뻔해. 천문이나 지문의 비문전인들이 나타나 여우 녀석을 구박하고 있겠지. 괜히 서둘렀다가는 천문과 지문의 비문전인까지 상대해야 할 거야. 그거 귀찮잖느냐. 위수한 그 녀석 보고 치우라고 그러고, 우리는 천천히 가자."

풍음대인이 다시 고개를 끄덕였다.

"알겠습니다. 하지만 이교주님."

"뭐지?"

"제 아비가 어미를 때려 죽였던 이유는 바람을 피었기 때문입니다."

"그래서?"

"결국 저희 집안은 그렇게 풍비박산이 났지만, 어미와 바람이 났던 놈은 제 어미가 모아놓은 재산을 챙겨서 도망 갔지요."

혈우마령이 빙긋 웃었다.

"그 여우 녀석이 네 어미와 바람난 놈팡이처럼 될지 모른다? 그 놈팡이는 그 돈 다 쓰고 편안히 살았느냐?"

풍음대인이 고개를 내저었다.

"아니요. 나중에 듣기로 계집을 잘못 만나, 가산을 다 빼앗기고 비렁뱅이가 되어 떠돌다가 굶어 죽었다더군요."

혈우마령이 위수한의 지나친 방향을 노려보며 속삭이듯 말했다.

"그러니 걱정 말아라. 여우 녀석도 그렇게 될 게야."

†

위수한의 앞에 나타난 비문전인은 천외비문의 지문 소속의 정예들이었다.

현재 지문은 사라져버린 지문주 황무결 대신하여 지문의 부문주인 창유정(昌有頂)이라는 인물이 이끌고 있었다.

그게 문제였다.

창유정은 천문 출신으로, 천문의 의지를 대리하여 수족처럼 움직였다.

그건 인문주에게는 용납할 수 없는 문제였다.

천외비문의 근간을 뿌리째 흔들어 버리는 행위였기 때문이었다.

천외지문의 천지인 삼문 간에는 깨어져서는 안 되는 철칙이 있다.

천마재생

천문은 권력을 가지지 않으며 행사하지 않는다.

오로지 숙적이자 진정한 천외의 존재인 그들과의 전쟁에 매진하여야만 한다.

천내에서 벌어지는 사변은 지문이 일임한다.

그리고 인문은 천문과 지문의 숭고한 희생을 물심양면으로 지원한다.

그건 깨어져서는 안 될 약조였다.

그런데 최근 수십 년 동안 그 약조는 흐릿해져 가더니, 결국 이렇게 깨어지고 말았다.

수라천마 장후와의 전쟁이 시작되는 순간부터 천문과 지문은 인문을 종복처럼 부리려 하고 있었다.

본래 천문과 지문은 인문을 무시하는 경향이 짙기는 했다.

하지만 최근처럼 대놓고 무시하지는 않았다.

변한 거다.

천외비문이 변질되고 만 것이다.

천문과 지문은 자신들이 바로 천외비문이며, 인문은 천외비문의 이름을 걸어서는 안 된다고 여기는 듯했다.

하지만 인문주의 생각은 전혀 달랐다.

인문이야말로 진정한 천외비문이었다.

역시 싸우고 있었다.

핏물과 죽음이 난무하는 전장에 나서지는 않았지만 천

외비문을 지키기 위해, 명맥을 유지하기 위한 힘겨운 싸움을 언제나 벌여왔다.

천문과 지문이 무너지지 않도록 힘겹게 떠받쳐 왔다.

실제로 백여 년 전 그들과의 치열한 전쟁으로 천문과 지문이 궤멸에 가까운 피해를 보았지만, 인문이 있었기에 회생할 수 있었다.

인문은 천외비문의 뿌리인 것이다.

천문이라는 화려한 열매와 지문이라는 무성한 잎사귀가 먼저 눈이 가겠지만, 인문이 그들을 매달고 있기에 그러할 수 있는 것이다.

"변절자를 숙청한다!"

지문의 정예 중 하나가 그렇게 외쳤다.

그러자 인문주의 얼굴이 붉게 물들었다.

그러며 입을 쩍 벌려 외쳤다.

"누가 변절자인가! 너희야말로 변절자 아닌가!"

지문의 정예들 사이로 한 사람이 걸어 나왔다.

나이가 마흔 정도로 보이는 청수한 인상의 사내였다. 새하얀 쥘부채를 들고 있는데, 그 모습이 그렇게 잘 어울릴 수가 없었다.

사내를 본 순간 인문주의 표정이 딱딱하게 굳었다.

"철혈군자(鐵血君子), 당신이!"

철혈군자라고 불린 사내는 표정 없는 얼굴로 말했다.

"왜 이러셨소?"

인문주는 표정을 굳히며 말했다.

"뭘 왜 그랬단 말이오?"

표정과는 달리, 그의 목소리는 떨리고 있었다.

철혈군자가 한숨을 내쉬며 말했다.

"나와 같이 갑시다. 내가 천문주와 자리를 마련해 주겠소. 그 자리에서 한 번 허심탄회하게 이 문제를 해결해 봅시다."

인문주가 물었다.

"이제와 자리를 만들어 봐야 뭐하겠소. 갈 길이 다름을 알았으니, 각자 갈 길을 가야지요."

"인문주. 이러셔야 겠소?"

"당신께서도 천문주와 함께 할 줄은 몰랐소. 나야말로 묻고 싶소이다. 이러셔야 겠소이까?"

철혈군자가 한숨을 푹 내쉬었다. 그러더니, 표정을 지우며 말했다.

"안녕히 가시오."

그때였다.

"잠시 실례 좀 합시다."

철혈군자와 인문주의 시선이 목소리가 들린 쪽으로 돌아갔다.

그곳엔 위수한이 머리를 긁적거리고 있었다.

"저기, 저 좀 낍시다. 구경만 하고 있으려니 재미가 없네. 뭐요, 대체? 뭐가 어떻게 된 거요?"

인문주가 한숨을 푹 쉬었다. 그리고 뭔가를 설명하려 입을 벌렸다. 하지만 한 마디로 뱉을 수가 없었다.

위수한이 말하지 말라는 듯이 그를 향해 손을 뻗었기 때문이었다.

"들었다 치고."

위수한은 씩 웃었다.

"척보면 척 하고 알지. 보자. 인문주는 그릇을 깨자는 거고, 저 쪽은 밥그릇을 챙기자는 모양인데. 그럼 난 여기서 뭘 하면 되오? 계속 구경하고만 있을까? 아니면, 그냥 갈까?"

인문주가 선언하듯 말했다.

"우리 인문은 천문과 지문을 벗어나 따로 갈 것이오."

그 순간 철혈군자가 외쳤다.

"용납치 않는다! 천지인 삼문이 함께하여야 비로소 천외비문일 수 있다!"

위수한이 짜증이 난다는 듯 눈살을 찌푸리더니, 턱 끝으로 철혈군자를 가리키며 물었다.

"저 사람은 누구요?"

"본 문의 수호협장(守護俠將)이외다."

"혹시 앵화라고 아시오?"

311

"그게 누구요?"

"내가 본 기녀 중 다섯 손가락 안에 드는 고운 아이였소."

"그게 지금 무슨 말이요?"

"수호협장이라고 하면 내가 어찌 아느냐 그거요."

"천외비문의 상징적인 지위이요. 천지인 삼문의 문주를 견제하기 위해 만들어진 자리이지요. 천문주를 제외하면 천외비문 제일의 고수이기도 하지요."

위수한이 고개를 끄덕였다.

"역시 그렇군요. 그럼 반가웠습니다."

인문주가 놀라 외쳤다.

"이보시오, 위 회주. 살려주신다 하시지 않았소!"

위수한이 콧방귀를 뀌었다.

"이러면 살려줄래도 살려줄 수가 있나. 그 분과 중재를 해주고 싶어도 이 모양 이 꼴이니, 나만 병신 되지 않겠소? 난 가서 혈우마령을 찾아서 무릎이나 꿇고 빌러 가오. 아, 진짜 병신짓 했구만."

"우리 인문은 천문, 지문과 따로 갈 것이오!"

위수한은 고개를 주억거렸다.

"네, 네. 그렇게 하시오. 그거까지 내가 어떻게 챙기겠어. 차라리 용변을 봤으니 닦아달라고 하지 그러오?"

"위 회주!"

"이보시오, 인문주. 당신은 내게 살려달라고 그랬고, 난 살려주려고 이랬소. 그런데 살려달라는 사람이 혼자 이것저것 다 챙기고 앉아서 손만 까딱거리고 있소. 살려줄 마음이 들겠소, 안 들겠소? 자, 그럼 난 가오."

인문주가 뭔가를 결심했다는 듯 거칠게 외쳤다.

"천근계보(天根系譜)를 맡기겠소!"

위수한이 짜증을 담아 말했다.

"당신 앵화가 누군지 모른다며. 나도 천근계보가 뭔지 어떻게 아오?"

그 순간 철혈군자가 놀랐다는 듯 눈을 크게 벌렸다. 그리고 크게 외쳤다.

"인문주! 당신, 미쳤구나!"

위수한이 그의 반응을 보며 눈을 얇게 좁혔다.

"그게 뭔지는 모르겠지만 뭔가 알 듯 말 듯 한데?"

인문주가 말했다.

"천근계보를 가진 자가 바로 인문 그 자체이오! 그걸 당신께 맡기겠소! 그러니 우리 인문을 살려주시오!"

철혈군자가 더는 참을 수 없다는 듯 인문주를 향해 휙 몸을 날렸다.

콰아아아앙!

고막이 찢겨질 듯한 굉음이 울리며 흙먼지가 구름처럼 피어올랐다.

천마재생

인문주가 서 있던 자리에 주먹을 뻗은 자세를 하고 있는 철혈군자의 모습이 보였다.

그의 앞, 인문주가 아닌 위수한이 서 있다.

철혈군자의 주먹이 그의 손아귀 안에 잡혀 있었다.

노여움을 참을 수 없어 눈매를 꿈틀거리는 철혈군자를 향해 위수한이 히죽 말했다.

"얘기 중이잖소. 난 누가 내 얘기를 끊는 거 아주 싫어한 다오."

NEO ORIENTAL FANTASY STORY

第百章.

쾅!

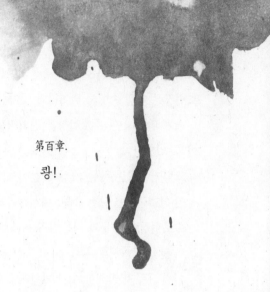

第百章.

쾅!

철혈군자.

그는 세상에 전혀 알려지지 않은 사람이다.

아니, 천외비문 내에서도 그의 존재를 아는 사람은 열 손가락을 넘지 않는다.

그는 강호무림의 그림자로써 살아온 천외비문 내에서도 가장 깊고 짙은 어둠이기 때문이다.

그의 직위가 바로 수호협장이기 때문이다.

천외비문이 난세를 정리하는 칼이라면, 수호법장은 칼 집과도 같은 존재이다.

눈먼 칼은 어디로 튈지 모른다.

그렇기에 천외비문이라는 무엇이라도 벨 수 있는 날카

로운 칼은 칼집이 꼭 필요하다.

천외비문이라는 칼이 세상을 구원하기 위해서가 아닌, 오직 자신의 욕심과 야망을 충족키 위해 뽑혀 나올 때, 수호법장은 어둠 속에서 튀어나와 막아선다.

쉽게 말하자면, 수호협장은 천외비문에게 천외비문이라 할 수 있었다.

그렇기에 인문주는 자신의 앞에 나타난 당대의 수호협장인 철혈군자를 보는 순간, 배신감을 느낄 수밖에 없었다.

수호협장이 천문과 지문의 횡포를 막지 않고, 오히려 인문의 앞을 막아서다니.

이건 도무지 이해할 수가 되지 않았다.

그리고 절망했다.

'끝났어.'

천외비문은 끝이 난거다.

당대의 수호협장인 철혈군자가, 천외비문의 전횡을 막는 최후의 보루인 그마저 저쪽에 섰다는 건, 천외비문의 미래가 없다는 뜻이다.

그렇기에 인문주는 천근계보를 위수한에게 맡기겠다는 결심까지 하기에 이른 것이다.

철혈군자가 자신의 앞을 막은 위수한의 어깨 너머로 보이는 인문주를 노려보며 외쳤다.

"제정신이요, 인문주! 천근계보를 넘기겠다니!"

인문주는 차갑게 비웃었다.

"제정신이겠소? 우리 천외비문이 이 꼴이 된 마당에 내가 제정신으로 버틸 수가 있겠소?"

철혈군자가 눈을 얇게 여미며 날카로운 송곳니를 드러냈다.

"그래, 끝을 봅시다."

인문주가 한숨을 내쉬었다.

"이보시오, 철혈군자. 모르겠소? 여기가 끝이라오. 이 뒤로 뭐가 더 있을 것 같소?"

"당신에게는 없겠지."

철혈군자의 눈동자가 스르르 옆으로 돌아가, 위수한의 얼굴에서 멈췄다.

"비켜라."

위수한이 눈을 깜빡였다.

"왜 내 이야기는 다 무시할까? 내가 분명 말했지요? 듣지 못한 것 같으니 다시 말씀드리지요. 얘기를 나누는 중이었다오. 난 얘기를 나눌 때 누가 훼방 놓는 걸 무척 싫어한다오."

"비키라 했다. 이번이 마지막 기회야."

"이 사람, 끝이네, 마지막이네, 그런 거 참 좋아하는구만. 난 처음이네, 첫 경험이네, 이런 거 좋아하오. 뭐 매번 속았지만, 으휴. 어찌되었건 우린 참 많이 다른 것 같소."

철혈군자가 한 마디를 툭 뱉었다.

"가볍군."

위수한이 씩 웃으며 고개를 끄덕였다.

"자주 듣는 말이오."

"내가 듣던 협왕 위수한은 이렇게 가볍지는 않았었는데."

위수한이 과장되게 눈을 크게 떴다.

"허? 나를 아시오?"

철혈군자가 코웃음 쳤다.

"모를 리가 있겠나?"

위수한이 고개를 주억거렸다.

"그렇구료. 나를 알고 계셨구료. 난 모를 리도 있겠다
싶었지. 하도 건방을 떨기에. 그런데 아까부터 신경이 쓰
였는데 말이오."

위수한의 두 눈이 매섭게 빛나기 시작했다.

"왜 반말이야, 이 새끼야."

그러며 철혈군자의 주먹을 움켜진 손에 힘을 주어 아귀
를 좁힌다.

빠드드드드드드드득.

뼈와 살이 분리될 때나 나올 법한 소리가 위수한의 손아
귀 사이에서 흘러 나왔다.

하지만 철혈군자의 표정은 전혀 변하지 않았다. 그저 재
미난 구경꺼리를 지켜본다는 관람객의 눈을 하고 있었다.

이제 흥미가 떨어졌는지, 철혈군자의 입이 벌어졌다.

"역시 가볍군."

스읏.

철혈군자가 위수한에게 잡힌 팔의 팔뚝을 굽혔다. 그러자 위수한이 휘청하더니 철혈군자 쪽으로 끌려 나왔다.

철혈군자의 어깨가 크게 부풀어 오른다.

위수한의 눈이 커졌다.

"첩경(疊勁)?"

내력을 운용하는 무공방식 중 하나로, 단전에서 끌어낸 내공을 신체부위 한곳에 겹치듯 쌓아서 그렇게 모은 힘을 단숨에 뿜어내는 방법이었다.

주로 장성 너머, 서쪽 멀리 위치한 고산지대의 지배자인 밀교(密敎)라는 무리가 만들어낸 무공의 방식이다.

첩경을 사용한다면 일시적이라지만 지닌 내공수준의 서너 배정도로 강력한 힘을 뿜어낼 수 있다.

하지만 그 대신 내력을 겹쳐 쌓고 단숨에 분출하기까지의 과정이 너무도 위험하다.

그 과정을 몸이 버티지 못해, 근골이 뒤틀리고 내장이 터지고 끊어질 수 있기 때문이었다.

하지만 지금 철혈군자는 어깨부위는 그의 머리통보다 커졌음에도 터질 것 같지는 않았다.

첩경을 궁극에 이르도록 익혔다는 증거였다.

위수한은 다급히 뒤로 몸을 빼려 했다.

부푼 어깨의 크기로 짐작할 때, 저 안에 모인 힘이 일시에 뿜어져 나온다면 아무래도 버티기 힘들다는 판단했기 때문이었다.

하지만 그는 물러날 수가 없었다.

철혈군자의 주먹을 잡고 있는 손의 아귀가 벌어지지가 않아서였다.

벌어지기는커녕 반대로 철혈군자의 주먹 속으로 빨려 들어갈 듯하다.

"접인경(接引勁)?"

접인경은 상대방의 힘을 분산시키거나 혹은 방향을 바꾸거나, 때로는 끌어당기는 방법.

철혈군자는 접인경의 수법을 이용하여 위수한이 손을 빼지 못하도록 잡아둔 버린 것이다.

그 사이, 철혈군자의 크게 부푼 어깨가 더더욱 커졌다.

이게 곧 터지겠다 싶을 정도에 이르렀을 때, 철혈군자의 입이 벌어졌다.

"가벼우면 쉽게 깨지지."

위수한의 얼굴이 굳었다.

그 순간 철혈군자가 왼쪽 입꼬리를 들어 올리며 한마디를 툭 뱉었다.

"꽝."

작은 속삭임.

동시에 그의 부푼 어깨가 쑥 가라앉았고, 팔뚝에서부터 주먹까지 부풀어 오르더니 회백색의 빛살을 뿜었다.

콰아아아아아아아아아아아아아아아앙!

빛에 닿은 건 무엇이든 가루가 되어 흩어졌다.

철혈군자의 주먹이 뿜어내는 빛살은 사방 십여 장 정도의 공터를 만들어 내고서야 멈췄다.

땅에서는 뿌연 아지랑이가 피어올랐다.

철혈군자가 속삭였다.

"역시 협왕 위수한인가?"

그의 시선은 자신의 주먹 끝을 향했다.

그곳엔 빛살을 뿜어내기 전처럼 협왕 위수한의 손이 그의 주먹을 쥐고 있었다.

물론 위수한은 무사하지는 않았다.

머리는 땅을 향해 축 늘어졌고, 서 있을 힘이 없는지 무릎을 꿇고 앉아 있었다.

그의 옷은 찢기고 갈라졌고, 그 사이로 드러난 피부는 화상을 입은 듯 붉게 물들어 있었다. 더불어 구름처럼 뿌연 아지랑이를 피어내고 있었다.

위수한은 빛살의 충격을 버티지 못하고 그렇게 철혈군자의 주먹을 쥔 채로 정신을 잃은 것 같아 보였다.

하지만 보이기와는 달리, 기절까지는 하지 않은 듯했다.

천마재생

땅바닥에 닿을 듯 축 늘어져 보이지 않는 위수한의 얼굴 쪽에서 목소리가 흘러나온다.

"가벼운 게 어때서?"

스르르 위수한이 고개를 들어올린다.

그러자 철혈군자의 얼굴이 굳었다.

눈과 코, 입을 과장되게 크게 뜨거나 찡그려서 경박하게 보이던 위수한은 표정을 씻은 듯 지워버렸다.

그러니 사람이 달라진 듯했다.

무겁고 진중한 남자의 얼굴이다.

철혈군자가 뿜은 회백색의 빛살이 위수한을 지워버리지는 못했지만, 그가 항상 쓰고 있던 가벼움과 경박함이라는 가면 만은 깨어버린 모양이었다.

위수한이 낮게 목소리를 깔아 말했다.

"나이가 들고 지위가 높아질수록 책임질 건 많아져 몸과 마음은 무거워질 수밖에 없지. 지금 당신처럼 말이야."

철혈군자는 주먹을 빼려 했다. 하지만 위수한의 손바닥이 그의 주먹을 놓아주지 않았다.

조금 전과는 반대로 이번엔 위수한이 접인경을 사용하는 것이다.

"내 변명 좀 해볼까?"

위수한이 고백하듯 말을 이어갔다.

"나도 당신 같던 적이 있었어. 한때, 난 한없이 무거웠지. 지금 당신보다도 더. 아마 그게 제협회가 나름 안정되었을 때일 거야. 원한 바가 아니었는데, 어느새 난 강호무림의 절반을 지배하는 권력자가 되어 있었지. 고갯짓 한 번에 수십 명이 죽는 시늉을 하고, 말 한 마디에 수백이 앞다투어 달려가더군. 그러니 고개 한 번 까딱하기 어렵고, 말 한마디 쉽게 뱉을 수 없었지. 그러니 한없이 무거워지더군. 뻣뻣하게 굳어져가. 그러니 어느 순간부터는 숨 쉬는 것 빼고는 아무것도 할 수가 없더만."

휘이이이잉.

위수한의 전신에서 새하얀 기운이 마치 풀린 실처럼 하늘거리며 흘러나왔다.

비천신기(飛天神技)!

지금의 협왕 위수한을 있게 한 절대무공!

그 무공을 사용하려할 때 일어나는 현상이었다.

그 사이에도 협왕 위수한이 계속 말을 이어갔다.

"그러니 어느 순간부터 움직일 수가 없더군. 불의함을 보고도 듣고도 느끼고도 움직일 수가 없더라고. 고민에 빠졌지. 난 내게 물었지. 내가 원한 게 이런 거였나? 답은 바로 나오더군. 아니라고. 그럼 어떻게 하면 될까? 답은 하나뿐이었어. 가벼워지는 것."

위이이이이이잉.

다시 철혈군자의 어깨가 부풀어 오르기 시작했다.

동시에 위수한의 전신에서 뿜어져 나오는 새하얀 기운
도 서로 얽히어 갔다.

그 모양새가 마치 깃털만 같다.

어느덧 위수한은 수백, 수천 개의 새하얀 깃털에 휩싸인
듯이 보였다.

그것이 바로 비천신기의 첫 번째 신기(神技), 우화비천
(羽化飛天)였다.

우우우우우우우웅.

철혈군자의 어깨가 계속 커져만 갔다. 결국 조금 전과
비교하면 두 배쯤 되지 않을까 싶을 정도까지 이르렀다.

위수한이 말했다.

"가볍다는 건, 좋은 거야. 어디로든 움직일 수 있으니
까. 하고팠던 것을 모두 할 수 있으니까."

철혈군자가 코웃음 쳤다.

"책임과 의무를 저버렸다는 거냐?"

"아니. 오히려 더 한다는 거지."

"개소리."

철혈군자의 어깨가 바람이 빠진 듯 쑥하고 줄어들었다.

뒤이어 팔뚝에서부터 주먹까지 크게 부풀었다.

주먹 끝에서 회백색 빛살이 튀어 나온다.

콰아아아아아아아아아아아!

동시에 위수한을 휘감은 수백 수천 개의 깃털이 일제히

빛살을 향해 튀어 나갔다.

쇄애애애애애액!

깃털 중 절반 정도는 철혈군자가 뿜어내는 회백색 빛살을 휘말려 사라졌지만, 나머지는 빛살을 가르고, 쪼개며, 끊고, 나누었다.

결국 깃털이 십분의 일 정도가 남았을 때엔 철혈군자가 뿜었던 회백색 빛살은 산산이 흩어져 사라져 버렸다.

철혈군자는 믿을 수 없다는 듯 눈을 크게 떴다.

위수한의 담담한 목소리가 그의 귓속을 파고든다.

"하지만 항상 가벼워서는 안 되지. 중심을 잃고 세파에 휩쓸려 날아갈 수 있거든. 무거울 때는 무거워야 해. 지금처럼 말이야."

깃털이 철혈군자의 주먹을 쥔 위수한의 손등으로 몰려들더니, 빠르게 스며들었다.

위수한이 왼쪽으로 입꼬리를 말아 올리며 한 마디를 툭 뱉었다.

"쾅."

동시에 위수한의 손바닥이 새하얀 빛을 뿜었다.

콰아아아아아아아앙!

온 세상이 하얗게 물든다.

빛살에 닿는 건 모두 먼지가 되어 사라져가고 있었다.

거의·십여 장에 이르는 공터를 만들어 내고서야 빛살은

사라졌다.

모든 게 사라진 자리, 철혈군자만이 홀로 쓰러져 있었다.

"흐음."

그는 가벼운 신음을 흘리며, 천천히 몸을 일으켰다.

그리 큰 부상을 입은 것 같지는 않았다.

그는 매서운 눈으로 주변을 훑어보았다.

위수한이 사라지고 없었다. 더불어 인문주와 재경, 하정천의 모습도 보이지 않았다.

그 사이 도망쳐 버린 모양이었다.

휘이이이이이익.

바람이 갈라지는 소리와 함께 사방으로 흩어져 있던 천외비문의 비문전인들이 철혈군자의 뒤로 내려섰다.

그들 중 하나가 다급한 어조로 물었다.

"어찌할까요?"

철혈군자가 짜증을 담아 말했다.

"어쩌긴 어쩌겠느냐. 쫓아야지."

그러더니 씩 하고 웃었다.

"어차피 멀리 가지도 못해. 이곳 형하는 이미 우리 천외비문이 장악했으니."

〈11권에서 계속〉